當墨光閃耀

墨のゆらめき

三浦紫苑——著
黃涓芳——譯

一

這是我第一次在京王線的下高井戶站下車。

我把正在讀的書收進公事包裡，拿出手機，從公司電腦和遠田薰老師往來的郵件也同步到手機裡了。昨天遠田老師最後寄來的郵件內容非常簡潔，只寫了：「沿著右邊的玉電軌道，走鐵道旁邊的路，往三軒茶屋方向步行五分鐘左右，沿途看到最破爛的房子，應該就是我家。」

太籠統了。

話說回來，我好歹也是飯店業的從業人員，身為飯店人員就是要做好萬全準備，即使遇上個性古怪的顧客也要盡力讓對方滿意。遠田老師雖不是顧客，我還是事先查了資料，「玉電」是東急電鐵世田谷線的通稱。

我把手機放進夏季西裝的褲子後口袋，拎著公事包與紙袋，站在京王線的月台上環顧四周。柵欄的另一側是一座簡樸的月台，停著一列兩節車廂的電車。這列電車就像公車一樣，小小的很可愛，想必就是世田谷線了。根據網路上的資訊，世田谷線的軌道雖然完全和公路分開，但因為原本是路面電車的支線，車體小巧也就不意外了。

兩座月台彼此相鄰，但柵欄卻沒有開口。看來要前往玉電那一側，必須先走出京王線的驗票閘門才行。看似很近，其實很遠。京王線和東急線之間，是否存在著微妙的競爭心理呢？

我姑且從京王線的月台上階梯，走出設置在跨站式橋上車站的驗票閘門。從方位來看，下到地面的階梯應該是往站前的商店街，可是我想去的是玉電鐵軌旁邊的路。正當我在驗票閘門附近猶豫著該不該走下階梯時，一名老婦人提著裝滿食材的環保袋，親切地問我：「你需要幫忙嗎？」

我在街上常被人搭訕，從小就是如此。以前我只是放學後走在回家路上，就會有陌生叔叔問我：「小弟弟，你是不是迷路了？」長大之後，不分男女老幼或國籍的路人都常向我問路，等人的時候還會遇到傳教的人。澀谷站的忠犬八公像前明明聚集了那麼多人，為什麼偏偏找我？順帶一提，念書時我常被流氓找碴、勒索，現在散步途中遇到的狗還是會朝著我吠。

也就是說，我這個人說好聽是外貌溫和，說難聽就是容易被所有生物看輕。不過「容易攀談」這項特質，對我的工作是加分的。如果長得一副凶神惡煞、生人勿近的面孔，做為替顧客服務的飯店工作者就不合格了。多虧如此，我在三日月飯店工作十五年，回答顧客詢問洗手間或吸菸區地點的次數大約有五萬次之多。有一次我因為在意，跟同事談起這件事，結果被問：「真的假的，不會那麼常被問到吧？洗手間和吸菸區不是都有標示嗎？」我因為具有容易攀談的面貌與氣質，而能幫上顧客的忙，也算是實現了心願。

這回我的這項體質（或者應該稱為特技）似乎也在無意間充分發揮了，老婦人告訴了我通往玉電月台的階梯在哪裡，而且她說，可以直接穿過月台，走到軌道旁邊的那條路。看來我不只會被流氓或狗糾纏，也會遇到親切的人。因此，容易被看扁——應該說，容易攀談的氣質並不是只有壞處。

「不用通過玉電的驗票閘門，就可以穿過月台嗎？」

「是啊。那座月台只是空有其名，基本上等於是用水泥固定起來的路。」

老婦人告訴我，她剛剛在下高井戶的商店街和京王線車站內的商店買東西，正打算搭玉電回家。我替老婦人提環保袋，和她一起走下通往玉電的連結階梯。明明是盛夏的下午，階梯卻有些陰暗。我配合老婦人的步伐，謹慎地一階階往下走，不禁產生走向地底祕密基地的錯覺。

老婦人對我說：「京王線的車站遷移到跨越軌道的天橋前，原本不需要上下樓梯。以前可以從商店街那裡隨意進出兩邊的月台，現在也還能看到一點當時的痕跡。」

我雖然懷疑怎麼可能隨意進出，但仍頻頻點頭聽她說話。

「真不知道這世界是變得更方便還是怎麼樣。」

「車站是什麼時候改建的？」

「這個嘛……印象中是滿久以前，不過又好像是最近，我不記得了。」

不只是月台似近而遠，連時間都出現扭曲，加上悶熱的天氣，我感到有些頭昏眼花。環保袋的提袋繩捲起來變得很細，嵌入我掌中的手指根部。我正擔心老婦人是否真能把這麼重的東西提回家，我們就差不多抵達了玉電的月台。

上方被京王線車站覆蓋，月台因此如洞窟般幽暗。老婦人和我相互道謝後告別。老婦人的步伐依舊緩慢，不過她毫無困難地提著我還給她的環保袋，通過有如公車整理券發券機[1]般小小的驗票閘門，坐上玉電的電車。老婦人坐上座位後，從車窗對我揮手，我也對她揮手。電車立即啟動，發出「呼咿——哐噹哐噹」的聲音離開月台。我想起小時候，我有一台電池驅動的玩具電車，它總是跑得很賣力的樣子，相當可愛。

我像是追隨駛去的電車般，從月台走到外面，來到鐵道旁邊的路。豔陽頓時照在我頭頂，讓我額頭冒汗。「好熱……」我喃喃自語，這時連先前沒聽到的蟬鳴聲也從四面八方傳來，實在很奇妙。我重新拿好公事包，看了一下手錶，鼓勵自己再走五分鐘就到了。

然而才走了三分鐘，我就面臨問題：鐵道旁的路消失了。成排屋子逼近到鐵軌邊緣，道路逐漸偏離鐵軌，進入住宅區。

我從褲子後口袋拿出已經變溫的手機，查看郵件內容。我回頭看來時路，只見大廈和香菸店整齊排列，沒有看到特別「破爛」的建築。遠田老師的家大概還在前方，但是「前方」到底是哪裡？我姑且順著路離開鐵軌，結果走不到十步，路面突然變得很窄，而且出現五岔路。其中一條似乎原本是暗溝，有些蜿蜒扭曲，兩旁的圍牆靠得非常近，僅容一個人勉強通過。

這哪裡算是「鐵道旁邊的路」？怎麼可以出現這種情況？五岔路當中，究竟哪一條才是正確的路？

「遠田薰～～～」

以自言自語來說，我發出了太大的聲音，不過當然沒有回應。或許是被我的聲音嚇到，一旁屋子裡的小型犬開始在窗邊吠叫。或許牠正在親切地告訴我正確路徑，可惜我完全聽不懂狗的語言。就算想找人詢問「遠田書法教室」的地點，住宅區中也沒有看到任何人走在路上。或許大家都因為天氣太熱而懶得出門吧，這麼一來我的體質或特技就派不上用場了。

遠田老師——不，剛剛已經省略敬稱，就乾脆直接稱呼遠田吧。遠田明明在經營書法教室，為什麼這年頭不僅沒有網站，就連電子郵件裡也沒有寫

---

1 日本公車的車門口通常設有整理券發券機，抽取的整理券上會根據上車地點附上編號，下車時依編號支付車資。

地址和電話號碼？我先前告訴自己，書法家也是藝術家，或許有些脱離世俗、特立獨行，不過看到「沿著鐵道旁邊的路走五分鐘」這種句子，通常想像的是只有一條路吧？現實中卻完全不一樣。

遠田到底是什麼樣的人？我雖然忿忿不平，卻連遠田的年齡與性別都不知道。那麼我為什麼要拜訪這位不明人士的家呢？容我道來。

我工作的「三日月飯店」位於西新宿，周圍都是摩天大樓，三日月飯店是僅六層樓的建築，客房只有二十四間，是一間規模很小的飯店。飯店距離新宿站很遠，一九六〇年代完工的建築外觀與內部裝潢雖然風格穩重，但老實説已經顯得老舊，無法和近年來新興的外資飯店光鮮亮麗的時尚裝潢相抗衡。

即便如此，三日月飯店的生意仍算穩定。正因為是舊建築，客房的空間較大，即使是最小的房間也有五十平方公尺，而且每間客房都能從窗戶看到綠意盎然的新宿中央公園，以及隔著公園的摩天大樓夜景。衛浴也整修過，浴缸是古典風格的貓腳浴缸。

飯店員工並不完全依賴硬體設施，而是盡最大心力滿足顧客的各種需求。在這樣的努力下，本飯店不但價格比豪華飯店便宜許多，更以服務周到而廣受好評。三日月飯店的「昭和懷舊氣氛」在今日或許反而顯得新潮，除了年長的老顧客外，近年來也開始受到年輕人青睞。

此外，在一樓的 Crescent 餐廳和六樓的三日月[2]宴會廳，有從法國歸來的主廚率領廚師團隊提供美食。Crescent 因為料理美味受到好評，不論午餐或晚餐時間都很繁忙，三日月則常用作結婚喜宴或企業派對的場地。三日月飯店的小庭院，以新宿中央公園的樹木為借景，還有一座模擬禮拜堂，因此能舉辦結婚典禮。

問題就在這間宴會廳。大飯店都有專任的宴會廳負責人，向企業推銷各種方案，但是以三日月飯店的規模來說，無法設置專任人員，因此我雖然是

2 「三日月」在日文中是新月的意思，和英文的 crescent 同義。

宴會廳負責人，仍要處理櫃台事務，替登記入住的客人把行李搬到房間，還要輪值夜班——總之就是什麼事都得做，因此忙到頭昏眼花。在沒有多餘心力去開發客戶的狀況下，只能仰賴顧客「那家飯店宴會廳舉辦的派對很棒」這樣的口碑。結婚典禮和喜宴的細節，當然是跟外面的婚禮顧問公司合作進行，不過像是服裝、髮型與化妝的安排確認、料理菜色要求等，都必須在飯店內毫無遺漏地溝通、傳達，因此責任相當重大。

宴會廳舉辦喜宴或派對時，準備工作之一是製作邀請函。在大飯店中，這項工作會由專屬的繕寫師負責，以優美的毛筆字在邀請函的信封上寫下名字。雖然說現今這個時代，電腦裡有各式各樣的字體，可以輕鬆印出收件人姓名，不過在舉辦重要活動時，仍有許多客人認為邀請函應該要用毛筆手寫。以效率和費用來衡量，這樣做實在是不可思議，不過，我了解這份心情，手寫字的確更能傳達心意。

由於三日月飯店只有一間宴會廳，需求量沒有大到可以雇用專屬的繕寫師，因此便將社區書法教室的老師、或是非本業但具有書法段位的人登錄為繕寫師。具體來說，就是請自願登錄的書法家將毛筆寫的收件人姓名等樣本寄到飯店，飯店會將這些樣本建檔，請顧客從中選出中意的筆跡，由此決定委託哪一位繕寫師。飯店受到委託後，會聯絡顧客選擇的繕寫師，將邀請函的收件名單及信封寄過去。繕寫師在信封上寫完收件人姓名後，必須在期限前將信封寄回飯店。

三日月宴會廳採立食形式，最多容納兩百人，因此即使寫了所有收件人姓名，也不會是一筆高額的收入。不過在本飯店登錄的繕寫師都是對寫字很認真的人，即使是小規模的委託，也會很用心地寫出每一位收件人的姓名。

最近對於個人資訊的管理變得嚴格，因此委託前必須仔細查核繕寫師，確定可以信賴。同樣地，我們也不會把繕寫師的聯絡方式透露給顧客，所有過程都由飯店居中接洽。也因此，樣本上只有編號，實際委託繕寫師時必須查閱登錄者名冊。話說回來，所謂的委託也不是什麼大不了的事，由於對方都是長年合作的書法家，因此只要用電子郵件或電話聯絡，再把信封寄過去，通常都能進行得很順利。

然而遠田薰的情況卻不一樣。

在即將來臨的十一月，三日月宴會廳預定舉辦水無瀨源市先生的告別會。水無瀨先生的老家在奥多摩代代經營豆腐店。水無瀨先生繼承家業後，照例用後山清澈的湧泉製作高品質的豆腐。不過在他年屆三十的時候，一天早晨靈光乍現：「對了！如果利用這裡的湧泉，製作對肌膚溫和的化妝品，不知道會怎麼樣？」

這是天啟。水無瀨先生在製作豆腐之餘，憑著勤奮努力學習化學知識，獨力開發出化妝水後，先拿給太太試用。他太太的皮膚本來就很好，使用這款化妝水之後，皮膚變得更加細緻，宛若嫩豆腐一般。化妝水受到街坊好評，讓水無瀨先生信心大增，進一步挖角專業的產品開發人員，成立化妝品公司，陸續推出乳液、粉底等，產品種類愈來愈多。如今該公司的化妝品已進駐大型百貨公司，銷售據點也擴及海外，沒聽過的人大概反而是少數。總而言之，水無瀨先生可說是勵志傳記中的人物。

然而水無瀨先生本人的個性卻如豆腐般恬淡。即使公司成長了，他也沒有享受奢侈的生活。他將化妝品開發與販售工作交給能幹的部下，自己仍過著天還沒亮就起床做豆腐的日子。生活中的樂趣，就只有每年在決定跨足化妝品業的紀念日當天，偕同夫人及小姐，一家人來三日月飯店住宿，並在Crescent 餐廳享用晚餐。

如此可敬的水無瀨先生，在今年春天以八十八歲高齡壽終正寢。悲痛至極的夫人與小姐心情總算恢復平靜後，想在水無瀨先生生前喜愛的三日月飯店舉辦告別會。為了總是溫文儒雅的水無瀨先生，本飯店全體員工當然要全力以赴。大家充滿幹勁地為十一月的告別會做準備。這場告別會的主要目的，是要對特別親近的生意夥伴致謝，因此由年齡增長後仍維持嫩豆腐般美肌的夫人主導，精心挑選料理和裝飾用花。順帶一提，對於公司員工和左鄰右舍，則依照水無瀨先生的遺言，於不久前在家鄉的飯店舉辦了告別會，隆重招待大家飲食。像這樣把生意上的交際挪到後面，先對身邊的人表達謝意，恰恰展現出水無瀨先生的人格，讓我深受感動。自己不喜歡鋪張奢華，對其他人卻很慷慨，這一點很符合水無瀨先生的風格。

既然要舉辦告別會，就必須製作邀請函發送，於是我便請水無瀨先生的夫人與小姐到三日月飯店討論邀請函的文字，並挑選紙張。她們希望收件人姓名還是要手寫，因此我拿出樣本請她們參考。

兩人依序翻閱檔案，看到放在最後一個資料袋裡的樣本字跡，興奮地說：

「這位二十六號的字最棒。」

「媽媽，我也這麼覺得！」

「字跡非常端正，感覺就像我們家後山的湧泉那麼清澈。」

「不過也能夠感覺到一點玩心，非常適合爸爸。」

我探頭看兩人遞出的檔案，深有同感。

收件人姓名用的樣本因為要符合邀請函這種正式的體例，必須要寫出工整而高格調的文字，因此很容易失去個性，不過兩人選擇的字跡卻有不太一樣的質感。我是書法的門外漢，無法形容得很好，只覺得這字跡運筆非常端正，但又感覺得到某種從容、甚至調皮的性格，彷彿是在說：「我故意裝正經，寫出很方正的字，不過大家還是放輕鬆點吧。」

已故的水無瀨先生突然投入完全不同領域的事業，獲得成功，同時仍勤奮地維持原本製作豆腐的家業。也就是說，他這個人不知道該算是富於冒險精神還是腳踏實地，但可以說是一反常態的人。眼前的字兼具紀律與自由，彷彿反映了水無瀨先生的人生。

不論如何，能夠找到夫人與小姐中意的字，實在是太好了。

「那麼我會聯絡這位書法家，委託收件人姓名的書寫工作。」我向她們承諾。

然而在結束會談、回到員工室後，我卻遇到令人頭痛的問題。放在辦公室櫃子裡的登錄者名冊上記載著「二十六號　遠田薫　遠田書法教室」，聯絡方式卻只有電子郵件信箱。其他登錄者除了電子郵件之外，還都明確記載了地址和電話號碼。這位遠田薫到底住在哪裡呢？這樣的話根本沒辦法把信封寄出去。

遠田登錄的日期是一個月前的六月，替他登錄的是三日月飯店的老員工原岡。不巧的是，原岡七月初在眾人不捨中離職了。他原本是退休後以特聘方式繼續工作，後來漸漸無法負荷飯店員工沉重的工作量，因此決定在七十歲時引退。

雖然打擾他優游自在的隱居生活很過意不去，但是面臨眼前的難題，我別無選擇。我立刻用手機打電話到原岡家。我的手機裡之所以有他的聯絡方式，是因為我們是賭馬夥伴。難得雙方週末都能放假的時候，我們就會互相邀約，喜孜孜地前往賽馬場。

回鈴音響了八次左右，聽見：

「您好，我是原岡。」

原岡很客氣地接起電話，不過一發現是我打來的，就馬上改用豪爽的口吻說：

「原來是阿續啊！你要找我去看賽馬嗎？」

「不是。那方面我最近運氣很差，所以正在節制中。」

「那就好。我現在閃到腰，連爬到電話旁邊也要費好大一番工夫。就算你邀我，我恐怕也沒辦法到賽馬場去。」

「那不是很嚴重嗎？請多多保重。」

「嗯。既然不是要去看賽馬，你找我幹嘛？」

「我想請教關於登錄為繕寫師的遠田薰老師的事。資料中除了電子郵件以外，沒有任何相關資訊。」

「遠田老師？噢，是遠田書法教室的那位吧？」

原岡立刻喚起記憶。「那個人是遠田康春老師的孩子，所以才登錄為繕寫師。如果需要地址之類的資訊，只要翻看名冊上遠田康春老師的欄位就行了。」

「遠田康春老師……」

我用沒拿手機的另一隻手翻著名冊。

「阿續，你沒跟康春老師工作過嗎？他開了一家遠田書法教室，登錄為三日月飯店的繕寫師長達四十年左右。今年春天他聯絡我們說：『因為年紀大了，想把教室交給後繼來負責，至於繕寫師的工作，今後也要告退了。非常感謝長年以來的關照。』」

「這樣啊，不過名冊上好像沒有遠田康春老師的名字……」

在一秒鐘的沉默之後，手機另一端傳來原岡「哎呀」的惋嘆聲。

「不好意思，阿續，我想起來了，我離職前重新製作了繕寫師檔案和登錄者名冊。我想著資料更新後，還在職的人使用起來會比較方便。在那之後，遠田薰老師寄了寫有電子郵件信箱的信和樣本給我，當時我想：『這位就是康春老師提起過的書法教室繼承人吧。』所以沒檢查就登錄了，是我太大意了。」

也就是說，新名冊上沒有遠田康春老師的資料，但原岡卻認定「遠田書法教室的資訊只要看康春老師的檔案就知道了」，因此在資訊極少的情況下，就把遠田薰登錄為繕寫師。

「遠田薰老師寄來樣本的信封，已經丟了吧？」

「嗯。因為背面寫了地址，所以我特地放進碎紙機裡。我應該留下那個地址的……真的很抱歉！」

「別這麼說，處理個人資訊本來就應該慎重。」

我感到頭痛，用指尖揉了揉眉間。「那麼你至少知道遠田書法教室大概的位置吧？」

「這個嘛，我也沒去過耶。雖然跟康春老師認識很久，但每次都是電話聯絡，然後把請他寫收件人姓名的信封寄過去。我記得他應該是住在世田谷區的松原，可是不記得詳細的地址。」

「我了解情況了。沒關係，我先以電子郵件聯絡遠田薰老師。」

就這樣，我坐在辦公桌的電腦前開始寫信，很有禮貌地告知有人指名要請他寫收件人姓名、過去也承蒙遠田康春老師的照顧、敬請代為問好等等，然後按下傳送鍵給遠田。

當天傍晚，我收到遠田的回信，簡潔地表達願意接受委託，另外提到因為康春老師過世，才會繼承遺志登錄為繕寫師。

「天啊……」我在電腦前喃喃自語，再度打電話給原岡。回鈴音響了十二次，可見他的腰痛在下午的幾個小時中惡化了。

「我在廁所脫下褲子，又閃到腰了。」原岡氣喘吁吁地訴苦：「都是因為老婆要我上小號也要坐著上，才會害我閃到腰。怎樣？你聯絡到遠田薰老師了嗎？」

「是的。遠田薰老師願意接受寫收件人姓名的委託，不過他說遠田康春老師五月過世了。」

原岡也很驚訝，喃喃地說：

「天啊……」

「另外，我先前忘了說，這次的邀請函是為了替已故的水無瀨先生舉辦告別會而準備的。」

「天啊天啊……」

原岡理解到三日月飯店承擔的責任之重，似乎一時說不出話來。他嘆了一口氣，然後說：

「阿續，不好意思，可以麻煩你去遠田老師家一趟，為康春老師上香嗎？我雖然想親自去，可是腰痛成這樣……」

「當然好。」

「還有，我希望你去好好觀察那位遠田薰老師的書法實力和人品。既然是經過康春老師認可、繼承他事業的子嗣，應該不會有問題，不過畢竟是水無瀨先生重要的告別會，萬一是個蠢才就糟糕了。」

不愧是原岡，即使因為閃到腰而痛苦呻吟，做為飯店員工所培養出的縝密個性仍在，令我由衷佩服。水無瀨先生曾是三日月飯店的重要顧客，他的告別會的確不能出任何差錯。要是收件人名單等資料外洩，那就不得了了，因此在首次委託前，必須先鑑定遠田薰這個人的人格品行才行。另外，對於長年合作的遠田康春老師，飯店當然應該盡到禮數去致哀。

「請放心，我會好好處理這些事。等你的腰好了，我們再一起去看賽馬吧。」

我說完掛斷電話，便依原岡的密令，和遠田進行了幾次郵件往來。遠田的郵件每次都簡潔到近乎冷淡的地步，不過我還是設法取得拜訪遠田書法教室的許可。然而，當我為了探聽地址而若無其事地提到「教室的地點應該是在松原吧？」得到的回覆卻是：「沿著鐵道旁邊的路走五分鐘。」

因為這樣，在梅雨過後、盛夏豔陽直射的七月下旬的今天，我被迫在下高井戶站附近的住宅區徘徊。

冷靜想想，遠田應該是認定自己的聯絡方式已經登錄在飯店這裡，因此沒有在郵件中寫上地址和電話號碼也沒什麼關係。另一方面，我突然得知康春老師過世的消息，擔心飯店被誤會為「一沒有利用價值了，就馬上把資訊刪除」，所以不方便直接詢問遠田書法教室的地址，只好採用迂迴戰術探問，卻得到「沿著鐵道旁邊的路走五分鐘」這樣模糊的訊息，為什麼不能多體察一下我的用意呢？

我將五岔路一條條來回走過，經過十五分鐘後，發現正確答案竟似乎是像暗溝的那條路。

就方向來看，這條路的確和鐵軌平行，距離鐵軌也最近，不過這真的可以認定為「路」嗎？它幾乎只有在水溝上面加蓋那麼寬。實際走進去，兩側極近的圍牆幾乎要摩擦到襯衫肩部。此時我已經大汗淋漓，脫下西裝外套，和公事包一起拎在手中的伴手禮紙袋似乎也因為潮濕，使得提把的纖維鬆開起毛。

總之，既然五岔路當中有四條不對，就算半信半疑，還是要勇敢地沿著最後的暗溝小徑前進。不久之後，眼前頓時變得開闊——其實也只是進入住宅區內的單行道而已，不過路寬總算變得比較正常，然後在第一個轉角看到遠田書法教室。

門柱上掛著木製的小名牌，上面寫著「遠田書法教室」，不知是不是遠田康春老師的字跡。這塊名牌經過風吹雨打，變得有些暗沉，不過凜冽而耿直的字跡卻更加鮮明、漆黑。不愧是原岡敬佩的書法家，可惜我沒有機會與他共事——想到這裡，我仔細看名牌，卻發現是把兩塊墊魚板的木板上下拼在一起而成……這或許就像排除矯飾的書寫風格，生活上也秉持著清貧的態度吧？

我振作精神，感慨萬千地從門外眺望好不容易找到的遠田書法教室。

遠田在郵件中形容這棟屋子很「破爛」。和周圍的房屋相較，這棟的屋齡的確明顯高出許多，不過我覺得這不是「破爛」，而是「風雅」。

玄關旁邊似乎是唯一增建的部分，看上去是突出來的平房，其他部分則是木造兩層樓建築。玄關的屋簷和拉門都是典型日式房屋的設計，但增建部分卻採用三角形的尖屋頂，窗戶則是纖細格子窗的凸窗，屬於古老的洋館風格。這樣和洋混搭的建築，看起來卻顯得和諧均衡，充分融入靜謐的住宅區。

此刻的我滿身大汗，簡直像個濕漉漉的妖怪。我自覺以這副模樣造訪別人家裡不太好，於是穿上西裝外套，從口袋拿出手帕，擦拭額頭並調整呼吸。我為了因應突發狀況而提早出門，所以此刻距離約定時間還有三分鐘。我繞過轉角來到屋子側面，發現這棟建築比從正面看起來更大，是縱深較長的建築。

從外型看，像是在增建部分的尖屋頂後方，連結了一棟木造兩層樓房屋。瓦片屋頂，比較寬的那一面，面向庭院有一排窗戶。我隔著茶梅的籬笆瞥了一眼庭院，看到夏草被拔除得很乾淨，一樓落地窗外擺了幾盆牽牛花。庭院一角設置了曬衣架，長袖T恤和牛仔褲等衣物慵懶地在午後微風中搖曳，一旁的高大櫻花樹將濃黑的影子投射在這些衣物上。二樓似乎是腰部高度的窗戶，窗外突出一塊稱不上陽台、但設有木製扶手的空間，上面也擺著盆栽，不過從這裡只能看到茂密的綠葉，無法判別是什麼植物，屋簷下方掛著幾條手拭巾[3]。

位於土地邊緣、可停放一輛車的停車場內，停著一輛白色小卡車。茶梅樹籬一直延伸過去，隔開了停車場的側面與後方；不過屋主或許是懶得特地走出庭院大門、繞過轉角再上車，因此後方的籬笆有一部分破了洞，可以直接從庭院進出停車場。但這樣也免太未疏忽安全了。

遠田康春老師過世後，雖然不知道這棟屋子裡住了幾個人，不過從屋子和庭院的狀態來看，應該是過著很正常的生活。

我回到屋子正面，把手帕收進口袋，順便確認領帶有沒有變鬆，然後打

3　手拭巾是日本傳統的毛巾，一般為長條平織棉布，兩端無車縫。

開庭院大門，按下玄關旁邊的門鈴。屋內沒有回應，我思索著要不要再按一次門鈴，正要伸出手指，就看到拉門內出現人影，把明顯裝設不良的門拉開到一半。

站在玄關內的，是一名穿著深藍色作務衣[4]、踩著健康涼鞋的男子。他的年紀與我相仿，大概三十多歲，個子很高，肌肉發達，有一張迷人的英俊臉孔，讓人覺得「像明星一樣的帥哥」這種形容詞就是要用在這張臉孔上。相形之下，我卻像個汗流浹背的妖怪，真想怨恨上天。

話說回來，書法家不是應該有著更淡泊的氣質嗎？眼前這個男人感覺油頭粉面，說得直接一點，就是那種很有女人緣、也喜歡大嚼帶骨肉的氣質，和我想像中的書法家形象完全不符。這樣看來，這個男人有可能是遠田薰的配偶或家人，而他之所以穿著作務衣，或許是遵循經營書法教室的遠田家的規定吧。

我向他打招呼：「感謝您今天撥空讓我來打擾。我是三日月飯店的員工，名叫續力。」

「噢，原來已經這麼晚了。」男人說完，把拉門拉得更開。「上課時間有些延長，可以請你進來等嗎？」

「好的，打擾了。」

我在那名男子敦促之下，費勁地關上裝設不良的拉門，脫了鞋子走上鋪著木板的走廊。走廊的左邊是階梯，往裡面走似乎是洗手間、廚房等用水空間。

男人沒有往裡面走，而是打開走廊右邊離玄關最近的襖門[5]，空調的冷氣流出來。這時我發現男人在作務衣底下穿了白色長袖T恤，從剛剛看到的曬衣架可以推測，他即使在夏天也習慣這樣穿。我不禁納悶，他難道不熱嗎？隨後又想到，他或許是不想讓手腕及肩膀因為冷氣而受寒吧，畢竟那是他的

4 作務衣源自僧侶處理雜務時穿著的工作服，從事傳統工藝的人也常穿著。

5 襖門的日文為「襖」，是日式房屋隔間用的一種拉門，以木材為框架，雙面貼厚紙或布，可完全阻絕光線。

生財工具。

襖門內的這房間從位置來看，應該是增建的部分。外觀是洋館風格，室內卻是徹底和風的六張榻榻米大房間。不過上方沒有鋪設木製天花板，窗戶則是西式的凸窗。這樣感覺應該會不搭調，但裸露的粗大橫樑像是被熏過般泛黑，成為空間的重點，因此仍不可思議地協調。

這間房的隔壁是八張榻榻米大的房間，之間的襖門完全打開，連通起來做為書法教室使用。室內總共放了八張長桌，有六名看似小學生的孩童以正坐姿勢面對半紙[6]。兩間房間的落地窗都面向庭院，因此室內非常明亮。舊式空調拚著老命全力運轉，想要逼退隔著落地窗湧來的夏天熱氣。

八張榻榻米大的房間設有床之間[7]，前方擺了一張和式矮書桌。這張矮桌面對學生，大概是老師的座位，不過現在那裡沒有坐任何人。

這麼說，這個人該不會就是……

「遠田薰老師？」

我對走在長桌之間、往床之間前進的男人背後謹慎地呼喚他。

「嗯？」

男人稍稍回頭，眼角似乎瞥到學生正在揮筆的半紙。

「喂！不要在那裡用文字繪畫人臉。」

他揉了揉三年級左右的男生頭髮。

「糟糕，被發現了。」男生嘻嘻笑。「少主，你回來得太早了。」

「少主」大概是對繼承書法教室的遠田的暱稱吧。原來這個男人就是遠田薰。他不僅長得一副很有女人緣的模樣，又精通書法，還似乎很受學生歡迎。我不禁在心中向上天抱怨：容貌和才能的分配太不公平了吧？

「那個人是誰呀？」

從教室後方傳來女生的聲音。這個女生看起來也是小學中年級左右，和

6 半紙是和紙的一種，一般指二十四公分乘以三十三公分的紙張，常做為毛筆字練習用。

7 床之間是和室中的一種空間設計，在房間一角的牆邊設置地板高起的小空間，可放置花瓶、懸掛書畫等。

另一個年齡相仿的女生並肩坐在靠近庭院的長桌。兩人看到我，吃吃地笑了起來。我在職場上沒有太多和年幼客人交談的機會，因此不知道該如何應答。猶豫了一下決定先點頭致意，她們卻笑得更厲害了。雖然她們大概只是因為來了一個不速之客而興奮，仍教我不知所措。

「今天是暑假第一天，所以這些小鬼都心不在焉。」

遠田說完，大剌剌地在書桌前坐下，似乎不打算把我介紹給學生。我呆站著也不是辦法，只好也拘謹地在遠田旁邊正坐。

「喂，你們趕快寫一寫，寫完就快點去別的地方玩吧！」

「可是要抓到平衡很難耶。」

「都是因為少主一直沒給我們花丸[8]啊！」

小孩們紛紛抱怨，遠田也反擊：

「我不是寫了範本嗎？你們隨便照著描不就好了。」

書法教室可以這麼熱鬧又隨便嗎？我驚訝地看著狀況會變怎樣，結果小孩子們似乎鬧夠了，自動收回專注力，重新面對半紙。在這期間，遠田只是拿著附毛球的耳扒挖耳朵。說好聽點是信任學生的自主性，不過我開始懷疑他平常都是這樣，幾乎不指導，畢竟他剛剛連看都不看一眼，就拿起跟毛筆一起放在硯台旁邊的耳扒。讓這種男人繼承書法教室，康春老師地下有知應該會哭泣吧。

遠田或許是察覺到我懷疑與責難的眼神，清完耳朵後就把放置耳垢的半紙捲起來，丟進書桌旁的垃圾桶，然後站起來繞行教室。他低頭看學生寫字，有時會把手放在學生拿筆的手上說：「大致是這樣。」同時示範運筆的方式。

總算比較接近我想像中的書法教室了。

我坐在原地伸直脖子觀察，發現孩子們寫的似乎都是「風」。這個字的確很難抓到平衡。學生中有一名大概才一年級的嬌小男生，讓我很擔心他先不說學習書法了，搞不好連「風」這個漢字都沒有學過。不過，遠田卻絲毫

8 日本老師在審閱學生考卷或功課時，會在特別優秀的答案或作品上畫花朵形狀的圈圈，稱為花丸。

不以為意。

「來，手腕懸空。沒錯，就是這樣。放鬆力量，把注意力放在筆尖，然後看準『就是現在！』的時機，把筆落在半紙上。」

「『就是現在！』是什麼時候？」

嬌小的男生把手腕懸在半空中詢問。

「把毛筆比喻成小雞雞，就是氣勢充足到覺得『快要尿出來了！』的時候。」

「少主，你在說什麼蠢話？」

嬌小的男生用輕蔑的眼神看著遠田。

「我們沒有那種東西耶！」

後方長桌傳來女生抗議的聲音。

「抱歉，這個比喻不夠完整。你們就把毛筆想成膀胱吧。」

「膀胱是什麼？」

「對了，你們都不憋尿的，所以沒有發覺到它的存在。膀胱是在人體內貯存小便的地方。」

「少主，你真的很蠢耶！」

教室內噓聲四起。

我完全認同這句話，這是對書法嚴重的褻瀆。儘管我不想在短短五分鐘之內就收回前面的話，但這完全不是我想像中的書法教室。

遠田似乎對噓聲毫不在意，巡完一圈看過學生寫的「風」字後，說：

「與其說缺了什麼，不如說是太規矩了。」

他跨越兩間房間，威風凜凜地站立。「你們到底想像著什麼樣的『風』在寫字？」

「什麼樣的風……」

「風就是風吧？」

教室內處處傳來困惑的竊竊私語聲。

「就是因為沒想清楚就寫，才會缺乏趣味。」遠田斬釘截鐵地說：「我不是一直告訴你們嗎？範本只要當作參考就行了，重要的是去想像字背後的東西。如果要寫『牽牛花』，就要想像『這朵牽牛花是什麼顏色呢？搞不好是尿尿用的小便斗吧？』。思考自己要透過字來表達什麼。」

一名女生皺著眉頭說：「不太懂，不過可以請你離開尿尿的話題嗎？」

「對不起。」遠田乖乖道歉，接著不知想到什麼，突然把兩間房間所有的落地窗全部打開。

乾燥而瀰漫灰塵的庭院泥土氣味夾帶著熱氣，大舉湧入室內。

「好熱！」

「要是中暑了怎麼辦？」

學生紛紛發出悲鳴，不過也像是感受到夏季的威力攪亂、稀釋了人工冷氣，興奮地起鬨著。

「這就是夏天的風。」

遠田如此宣示時，一陣風彷彿看準時機般劃破暑氣吹來，搖晃著庭院裡的櫻花樹葉和學生手邊的半紙。

「剛剛的風感覺怎麼樣？」

遠田邊關上窗戶邊問。

「溫溫的。」

「是嗎？我覺得滿涼的。」

學生紛紛回答。

「那麼你們就照著剛剛的感覺，再寫一次『風』這個字。」

遠田回到書桌前再度坐下。「養成這樣的習慣之後，即使在炎熱的夏天，也能寫出冬天的『風』。」

空調發出隆隆的聲音運轉，彷彿在抱怨「又要從頭開始了」。不過學生們並沒有因此分心，大家在重新變涼的房間裡認真地面對半紙，寫出各自感覺到的夏天的「風」。

寫出自己滿意的字之後，學生們接二連三地拿來給遠田看。最後所有學

9 在日本，小便斗因形狀的關係，又有「牽牛花（朝顏）」的稱呼。

生都聚集在書桌周圍。

遠田仔細檢視每一位學生的字。

「嗯，這個字吹著清爽舒適的風。這個像『虫』的角，下次最好把筆稍微豎起來寫，或許會比較好。」

「這個字充分表現出夏天的悶熱，不過因為太重視這一點，第二筆的勾有點拖拖拉拉。話說回來，偶爾也會有滯留的風，所以就算通過吧。」

遠田一邊講評，一邊用朱墨在每個人的字上畫上很大的花丸，然後還給他們。正坐的學生們對其他人的講評也洗耳恭聽，在遠田說話時經常會意地點頭或發笑。

遠田並沒有要求他們刻意模仿範本的寫法。不知不覺中，我也湊近書桌，專注地看著學生們交給遠田的半紙。每個人都以各自的形式，把自己感覺到的夏天的風灌注在文字中。有盤旋不去的「風」，有涼爽而讓人鬆一口氣的「風」，也有讓人覺得寧願待在冷氣房裡的「風」。

我感到佩服。原來光是「風」這個字，就能如此變化多端，隨性自由。

沒想到書法可以用這麼輕鬆自在的方式學習。更重要的是，這些孩子在遠田稱讚自己寫的字、指導改善要點時，臉上都露出得意而愉快的笑容。

遠田的指導方式的確有稍嫌低級和不合常規的地方，不過我看得出來，以書法教室的老師來說，他的確是個優秀的人才。我不太了解他身為書法家的功力，只看到範本的文字端正、強勁，確實很吸引人。

先前在畫人臉的男生寫的「風」，每一筆看起來都在抖動。

「這是……」遠田開口說：「你想像的該不會是傷『風』的風，而不是外面吹的『風』吧？」

「好厲害！少主，你怎麼知道的？」

畫人臉的男生高興地拍手，周圍的小孩也抱著肚子哈哈笑，紛紛喊：「不是那個風啦！」我不太懂小學生的笑點，不過姑且不管這個，我想知道遠田怎麼看出是傷風的。

遠田說：「果然被我猜中了，這個字令人聯想到『惡寒』。」

「什麼是惡寒？」

「是指媽咪[10]嗎？」

「你還在叫『媽咪』呀？好丟臉。」

「那要怎麼稱呼？」

「當然是叫『媽』。」

「騙人！我有聽過你叫『媽咪』。」

小孩子的對話愈來愈偏離主題，遠田卻自顧自地在顫抖的「風」上也畫了花丸，然後一本正經地說明：

「感冒的時候，明明發高燒卻冷到發抖，就叫做『惡寒』。不是我厲害，是你能夠用文字傳達惡寒的感覺才厲害。照這個要領，下次寫『風』的時候要讓它代表外面吹的風，不要一開始就使出犯規招數。」

「好啦。」

畫人臉的男生露出羞澀的笑容，不過似乎也因為惡作劇成功而高興。

遠田看過所有學生的書法後，站起來說：

「好，下週見。回家路上要小心！」

「謝謝老師！」

學生以正坐姿勢敬禮之後，一邊揮動半紙讓墨水風乾，一邊回到各自的長桌。收拾完畢的學生三五成群地離開教室。

遠田對我說：「抱歉讓你久等了，我去泡個茶。」說完他便打開襖門，走出八張榻榻米大的房間。隔著走廊的另一邊似乎就是廚房。

由於他是從高處低頭對我說話，因此感覺不太像是在道歉，不過算了。我解除正坐姿勢，揉著發麻的腳掌和小腿。參觀書法教室意想不到地有趣，讓我忘了自己此刻的口乾舌燥。如果能有飲料，那就太好了。

我把放在榻榻米上的公事包拉過來，拿出名片夾放入口袋，又從紙袋中拿出伴手禮的盒子，準備交給遠田。盒子裡裝的是飯店的人氣商品「三日月

10 惡寒在日文發音為OKAN，與某些方言中稱呼母親的詞同音。

費南雪蛋糕」綜合口味。一如其名，蛋糕是新月的形狀，有奶油、巧克力、抹茶三種口味。

廚房裡傳來「叩、叩」的聲音，我猜測遠田大概正在從製冰器拿出冰塊，不過通常只要稍微扭轉器皿，冰塊就會掉下來才對。他的冰塊未免變得太硬了吧？不知道是多久以前放入冷凍庫的。我感到不安，不禁抬起頭，這時才發現還有一個男生留在教室裡。

這個男生大概是五年級或六年級，他是剛剛在靠走廊的最前排寫字的孩子。毛筆等用具似乎已經收進書法袋裡，長桌上整理得很乾淨，不過他依然低頭坐在桌前。這個孩子不是很起眼，剛剛上課的時候也幾乎沒有和大家一起鬧，只是靜靜地微笑。他寫的「風」給人的印象也很淡薄，雖然寫得很用心，不過線條很細，在我看來只覺得「好像滿虛弱的」。遠田則給予正面的評價，說：「夏天光是吹過一陣微風，就能讓人感到幸運。這個『風』字會讓人想起『只要稍微涼爽一點就很開心』的心情。」

男孩注意到我在看他，稍稍點頭致意。我連忙恢復正坐姿勢，一邊回禮一邊在內心不斷猶豫：「怎麼辦？他應該是有事要跟遠田談，但我身為大人，是不是也應該問問他怎麼了？」這時襖門很有氣勢地被打開，從廚房回來的遠田單刀直入地問：

「咦？米奇，你還不回家嗎？怎麼了？」

我心想，這個男生一定是姓三木[11]。

「那個……我有一點事想要拜託少主。」

男生用蚊子叫般細微的聲音說話，但遠田不等他說完就開口：

「我知道了。我再去倒一杯，你先喝吧。」

遠田端來的圓形托盤上放了兩個玻璃杯。他明明說要倒茶，可是乳白色的液體怎麼看都是可爾必思。遠田把杯子放在被稱作米奇的男生面前的長桌，然後又回去廚房。

11 三木在日文讀作miki，和米奇（Mickey）音近。

看來不論是要打招呼、為遠田康春先生上香、以及談工作的事，都還要再等一等。我悄悄地把三日月費南雪的盒子推到一旁。

廚房裡傳來水龍頭的水流出的聲音，以及冰塊碰撞杯子的聲音。

我邊想著原來他不是用礦泉水、而是用水龍頭的水來稀釋可爾必思，邊挪動膝蓋接近長桌，檢視杯子。隔著長桌坐著的男生並沒有去拿杯子，依然沉默不語。

第三杯可爾必思應該早就做好了，可是遠田卻遲遲沒有回來。因為沉默的時間太久，我便開口說：

「我叫續力，今天是有工作要委託遠田老師而來的。」

我把名片遞給男生。給小孩子名片感覺很突兀，不過根據我過去的經驗，任何人光用聽的都很難想像我的名字怎麼寫，因此還是給對方看實際的文字比較快。

這個男生當然是不知所措地收下名片，然後說：

「我叫三木遙人，『遙』是遙遠的遙，然後再加上『人』字。我念小學五年級。」

不愧是書法教室的學生，還會特地說明漢字，讓我肅然起敬。

話說回來，他果然姓三木。由這段話可以得知，遠田取綽號的方式很草率，還有，遙人是我給過名片的對象中最年輕的。

因為我提到「工作」，遙人或許以為自己妨礙到我們，因此躊躇了一陣子之後說：

「很抱歉，我先回去了。」

他拿起書法袋準備站起來，我連忙抓住他的手臂攔住他。

「不不不，等一下，你不用在意。來，先喝杯可爾必思吧！」

「好的……」

遙人重新面向長桌坐好，但依然低著頭。

「反而是我才應該離席吧。有我在的話，會不會不方便開口？」

遙人搖搖頭。

「呃，續先生……」他先確認名片上的平假名才稱呼我。「你有寫信給朋友過嗎？」

他該不會已經開始談自己要拜託的事了吧？遠田還沒回來也沒關係嗎？我容易攀談的體質似乎又發揮了作用，卻因為完全不知道該如何跟小孩子相處而感到慌亂。

「大概只有寫賀年卡吧，有事的話幾乎都是傳LINE或電子郵件。」

「說的也是。」

遙人只回答這麼一句，就盯著開始冒汗的可爾必思杯子。我雖然不知道他有什麼事，不過仍因為幫不上忙而有愧疚感。這時襖門再度很有氣勢地被打開，遠田總算拿著另一杯可爾必思回來了。

「我順便去尿尿了。你們怎麼還沒喝？別客氣，快點喝吧。對了，可爾必思的讀音跟英文的牛小便……」

「抱歉！」

剛好名片夾還在我手上，我連忙打斷遠田的話，把名片和伴手禮遞給他。

遙人看起來個性很敏感，要是聽了他的話不敢喝可爾必思就糟了，而且我也能順便打招呼，一舉兩得。

遠田看了我的名片，說：

「對了，我想起來了，你叫續力。那就叫你阿力吧。」

他又草率地取了綽號來替代我的名字，而且當場打開伴手禮，直呼：

「噢，看起來鬆鬆軟軟的，好像很好吃。好好吃！」

他已經吃起奶油口味的費南雪。「米奇，阿力，你們也吃吧！」

我原本希望他能先拿去供奉在遠田康春老師的靈前，不過算了。我放棄了，選了抹茶口味，遙人則怯生生地選了巧克力口味。

我和遠田並肩坐在長桌的長邊，遙人坐在對面。三人喝了可爾必思，又吃了費南雪。甜味的輪番攻擊讓我感到腦髓好像要麻痺了，不過因為天熱而疲憊的身體的確恢復了活力。遠田邊吃邊告訴我，遙人從二年級就來書法教室上課。

「可是這應該是米奇第一次留下來想跟我談吧？」

遠田吃完費南雪，把小包裝的袋子巧妙地折起來，打了個結。「這傢伙戒心很強，或者應該說是個性陰沉。」

後面這句話當然是在對我說明遙人的性格特質，但害我差點被費南雪噎到，連忙喝下可爾必思。這個人說話怎麼這麼不經大腦？我慌慌張張地說「沒這回事……」想要緩頰，不過遙人卻爽朗地承認：

「我的確不算開朗，甚至還因此遭到霸凌。」

看來他們要談的話題或許比我想像的更為私密。碰巧在場的我，能夠承受他們的談話內容嗎？或者應該問，我真的不需要離席嗎？然而我正坐的腳又開始發麻，無法立即活動，於是我採取傾聽的姿態，盡最大努力希望能讓遙人的心情輕鬆點。

但此時遠田卻拍了一下膝蓋，說：

「好！你不用全部說完。」

接著他站起來，走向床之間，從擱板架上拿了鋁製菸灰缸、墨水瓶和紙，又從書桌抓了幾枝筆和絨布、紙鎮，然後回到長桌。

「這張紙叫奉書紙，從前只有天皇或將軍才能使用，是最高級的和紙。」

遠田在絨布上展開那張所謂的奉書紙。這張紙比半紙大了一倍，質地細緻，卻有一定的厚度。接著遠田把墨水倒進菸灰缸裡，拿起粗筆沾滿墨水。他想要用現成墨水在最高級的和紙上寫什麼？這種時候不是應該平心靜氣，用最高級硯台和最高級墨條來磨墨嗎？

遠田似乎注意到我懷疑的眼神，對我說：

「沒關係，這是為了節省時間。」

接著他在紙張右端一氣呵成地寫了很大的「絕交書」三個字。我感覺在哪裡看過這樣的字體，接著想到，不論是氣勢或飛白，都和黑澤明電影《天堂與地獄》的標題文字一模一樣。

這幾個字的質感和剛剛的「風」字範本、或是收件人姓名的樣本都不一樣。這個人為什麼能如此自由地寫出各種筆致？

我一邊感到佩服，一邊也為絕交書這種具有火藥味的內容感到詫異。這時遠田又拿了較細的筆，在紙張中央寫了一段文字，然後把這張奉書紙交給遙人。

「給你。你可以在這個空白的地方寫上欺負你的那些傢伙的名字，交給他或是貼在學校走廊上。」

我從反方向檢視奉書紙上的內容，剛好和遙人額頭相對。

絕交書

敬啟者 欣聞閣下日益康泰。然，近日

〇年〇班 〇〇〇〇

此人之惡劣行徑罄竹難書

故本人決定於令和〇年〇月〇日與之絕交，特此通知。

令和〇年〇月

〇年〇班 三木遙人

整段文章的語氣相當強勢。我一邊想著不能寫得更白話一點嗎？一邊忍不住說：

「拜託，又不是黑道，怎麼寫這種信！」

「對於搞霸凌這種卑劣行徑的傢伙，至少要像這樣狠狠地說清楚，否則不會聽懂。」

遠田不知為何一副得意洋洋的樣子。

「少主，你果然很厲害。」遙人噗哧地笑了。「也許以後會有用到的時候，我先收下，不過我現在沒有遭到霸凌。」

「噢，這樣啊。」我鬆了一口氣。

「那你怎麼不早說？」

遠田顯得不滿。我暗自想：剛剛不讓遙人說完的明明就是你。不過因為不方便對工作往來對象吐槽，因此忍住。

「我的奶奶是德國人。」遙人慎重地把奉書紙放在長桌上，開始述說：「或許是因為這樣，我的頭髮在二年級以前顏色更淺，而且很捲。於是就有人取笑我，還會拉我的頭髮。」

這麼說我才發現，遙人的頭髮的確有點捲，透著陽光的髮梢看起來是深褐色。每個人的頭髮與膚色都不一樣，這是很自然的事，不過對於和自己不同的對象，特別是小孩子有時會格外敏感，並表現出殘酷的反應。在黑眼黑髮佔絕大多數、同儕壓力也很大的日本學校生活中，遙人就成為醒目的攻擊目標。

「三年級的時候，導師發現到霸凌的情況，就在班會時叫我和欺負我的同學一起站在講台前面，對我們說：『你們可以承諾今後會好好相處嗎？』」

遠田插嘴說：「那個老師腦筋有問題嗎？」

「喂喂喂！」我又忍不住要吐槽。

「難道不是嗎？」遠田歪著頭說：「我不太清楚學校的事，可是跟那種看你長得不太一樣、個性又陰沉就來欺負你的傢伙，根本不需要好好相處。」

遠田說的沒錯。為了平息爭端，大人往往會太過輕易地說出「要好好相處」這種話，但是和那種毫不介意傷害他人的傢伙，的確沒必要好好相處。對於那種人，應該要像遠田提議的那樣，丟出絕交書才對。話說回來，你也別趁亂說遙人的壞話。遙人不是「陰沉」，而是「文靜」——我想這麼說卻說不出口，只好悶不吭聲。

「土谷也跟少主說了同樣的話。」遙人低聲說。

突然出現的土谷是誰？遙人似乎察覺到我和遠田的疑惑，補充說：

「他是我的朋友，從三年級開始跟我同班。我們會在學校圖書館裡一起看礦石圖鑑，放假會搭電車到多摩川的河邊去找石頭，興趣很相近。」

「石頭？你果然很陰……」

遠田似乎又要說出不識相的話，我趕快用手肘推了他的側腹部一下，以制止他。身為飯店人員，這種舉動當然很不妥，甚至從做人的禮儀來看也是不被允許的，但我別無選擇。

「幹什麼？」遠田從作務衣上方抓了抓側腹抱怨，不過遙人不理會他，繼續說：

「土谷對老師說：『為什麼三木同學必須要跟那些傢伙好好相處？我認為老師應該更嚴格地監督、糾正他們的行為。我進入這個班級之後，記錄了所有對三木同學的霸凌行為，正準備把影片和錄音檔上傳到網路，並公開那些傢伙的真實姓名。如果因此導致他們對三木同學的霸凌變本加厲，或是連我都成為霸凌的對象，那麼我一定會報警，也會找律師，持續戰鬥到那些傢伙各自轉到遠方的學校為止。』」

「真厲害。」我開口說：「他說的很有道理，也很有勇氣。如果是我，絕對沒辦法說出那番話。」

遙人說：「我也嚇了一跳。班會結束後，我去找土谷道謝。他對我說：『沒什麼，我只是覺得跟那種蠢蛋在同一間教室很噁心。』」

土谷真是超酷的小學生。根據遙人的說法，導師當場不知所措，霸凌他的那群學生似乎也嚇到了，在那之後直到今日都不敢再欺負他。

「我和土谷發現彼此都喜歡石頭之後，就變得更要好，欺負我的那些傢伙在今年分班的時候被分到不同班級了，所以現在我有更多可以正常聊天玩要的朋友。」

那真是太好了。不過這樣的話，遙人要委託的事是什麼呢？遠田看起來臂力很強，應該能夠一口氣壓制五十個愛欺負人的小學生，不過就算不請遠田幫忙，這件事應該也已經解決了。

我瞥了一眼坐在旁邊的遠田，發現他已經厭倦這個話題，正在大口吃第二個費南雪，又是奶油口味。雖然很高興他喜歡，不過這個問題如果交給他來問，大概不會有任何進展。

我認命地想，這一來只能由我來問出遙人要拜託的事了。雖然線索很少，我還是設法推敲，謹慎地問：

「呃，這麼說的話，你想要拜託遠田老師的事，應該跟信件有關吧？」

「續先生，你也好厲害！你是怎麼知道的？」遙人用興奮的聲音說。

「我不是已經幫你寫信了嗎？」

遠田把費南雪蛋糕個別包裝的袋子折起來打結。

我很想對遙人說：「不用問為什麼，隨便想都知道。」他在自我介紹之後，就立刻提到寫信的事，不論是誰都能察覺到他相當在意這一點。另一方面，我也想對遠田說：「可以請你先別提那封寫得很像黑道絕交書的信嗎？」

只要跟遙人稍微談過就知道，他是個溫和而聰明的孩子。遠田到底是怎麼想的，竟然寫那種凝聚了粗暴靈魂、充滿高壓態度的信給他？遠田明明在書法教室跟遙人相處了三年，卻完全沒有看出學生的本質，乾脆把筆折斷以示反省算了。

不過我當然沒有說出這番話，只是默默喝下冰塊融化之後變稀的可爾必思，所幸此時遙人似乎總算決定要切入正題。

「續先生說的沒錯，我想要拜託少主的，正是信件的事。」遙人端正姿勢，繼續說：「土谷下學期就要轉到盛岡的學校，聽說是因為他母親工作的關係，要趁暑假期間全家搬過去。」

「這一來不論是你或土谷，都會變得很寂寞吧。」

我發自內心地這麼說。我不知道喜歡石頭的小學生有多少，不過我小時候也曾遇過愛好小說、漫畫的朋友轉學，很了解失去同好的難過與寂寞。

「是……沒有。」遙人的頭部動作不太明確，不知道是在點頭還是搖頭。

「我的確會感到寂寞，不過沒關係。岩手縣據說有宮澤賢治[12]曾經撿過石頭的海岸，土谷很起勁地說他一定要去那裡。我今後也打算繼續蒐集石頭，而且在現在這所學校，應該能過得很順利。」

嗚嗚，遙人變得這麼堅強……明明今天才剛認識，我卻相當感動。土谷說的那個地方應該是指英國海岸，不過那裡不是海邊，而是北上川的河岸，只是宮澤賢治如此命名……不過沒關係，只希望土谷不要搞錯，沒有去花卷卻跑到岩手縣的沿岸地區去撿石頭。

遙人繼續說：「多虧土谷，我才能這麼想。所以我想要在土谷搬家之前寫信給他。」

「土谷同學一定會很高興。」我表示同意。

「嗯，你就寫吧。」遠田也點頭，然後似乎覺得談話結束了，便站起來。我連忙抓住他作務衣的袖子，讓他坐下。如果只要寫信就行了，遙人沒有必

12 宮澤賢治（一八九六～一九三三）為《銀河鐵道之夜》的作者，出生於岩手縣花卷市。下文提及的英國海岸即位於花卷市。

要特地留下來。很明顯，他要拜託的事才正要談到核心。這個男人為什麼察覺不到呢？真是的。

「可是我應該寫什麼？」

遙人扭扭捏捏地問。他該不會是那種不會自己思考作文內容、上網找篇好像符合主題的文章就直接抄下來的典型現代兒童吧？我一開始這麼想，但立刻就知道自己錯了。遙人一定是感到不好意思。不用說寫信，他大概連用言語向他人表達感受都不習慣，因此不知道該從哪裡著手。

我不禁莞爾，心想：那當然了，畢竟他還是小學生。連大人都會覺得困難的事，對於正值敏感年齡的孩子來說，難度應該更高吧。

最好的方式，就是直率地把對土谷同學的感謝之意……我正想要用身為前輩的經驗提供建議，就聽到遠田斬釘截鐵地說：

「只要寫『永遠都是好朋友』就行了吧？」

如果這世界上有更輕率而無用的建議，我還真想知道。

「就這樣？」遙人也表示不滿。「少主，你不是也有在做幫別人寫信的工作嗎？」

「我在當代筆師。」

「沒錯，就是這個！我希望你能幫我寫信給土谷。」

原來如此。我總算了解遙人要拜託的是什麼了。我這時才知道，原來遠田除了書法家、書法教室老師、繕寫師的身分之外，還從事代筆。不過這樣真的好嗎？即使是拙劣的內容，還是應該要自己來寫，才能表達出真正的心意吧？只因為身邊剛好有個從事代筆師這種罕見職業的人，就貪圖方便地去拜託，這樣不太好吧？

不過遙人似乎有點走投無路，以激動的口吻繼續說：

「我聽說土谷要搬家之後，花了一星期的時間想要自己寫信，可是我寫不出來。雖然說如果用一句話總結，就是『永遠都是好朋友』，但東京和盛岡相距很遠，我們還是小孩子，我又沒有手機，現實中應該是沒辦法再常常見面了。那樣的話，就沒有辦法繼續像現在這樣當好朋友，可是我心中還是認定土谷是好朋友，想到這些有的沒的，我的腦筋就開始混亂……」

遙人一反先前文靜的態度，宛若奔流般滔滔不絕地說著。「冷……冷靜點。」我先安撫他。遙人喝光可爾必思，吐了一口氣，又說：

「總之，因為情感滿溢，感覺不管有幾張信紙都不夠，所以我才想請少主代筆。」

遙人從書法袋的外口袋拿出信紙信封組和筆盒。

「請幫我寫出可以容納在這些信紙裡的內容。」

遙人把信紙信封組排列在長桌上。這套組合包含兩個信封、以及四張偏寬的橫罫信紙。底色是淺藍色，信封和信紙的角落都印了圓滾滾的新幹線圖案。他大概是打算把其中一個信封做為備用，請遠田代筆最多四張信紙份量的信吧。

遠田低頭看信紙信封組，哼了一聲說：

「不過代筆師是老頭子之前做的，現在幾乎是半停業狀態。」

「為什麼？少主應該有辦法寫出跟我一模一樣的字吧？」

「是啊，我模仿你的字跡應該會比老頭子更像，不過我沒辦法實現你的願望。你去召喚老頭子的鬼魂來幫你吧。啊，不要在這裡召喚喔，他會很囉唆地碎碎唸。」

我雖然先前已經隱約猜到，不過此時得到了確認：他口中的「老頭子」就是已故的遠田康春老師。康春老師既是他的父親，也是書法教室的前任經營者，稱他為「老頭子」不太妥當吧……

「真希望阿公老師可以起死回生……」

看遙人如此哀嘆，可以推想到康春老師在本教室應該是很受愛戴的老人家。

「少主，你為什麼辦不到？」遙人繼續追問。

「當然是因為我跟老頭子不一樣，沒什麼學問。」遠田難堪地搔搔頭。

「就算能夠把字跡模仿得很像，如果想不出信的內容，那也……」

遠田說到這裡忽然停下來，注視著這間教室裡唯一有可能想出信件內容的人——也就是我。

「什麼？我也沒什麼學問啊！」

我急忙搖頭，但是連遙人都用充滿期待的眼神看著我。

「阿力，你的興趣是什麼？」

遠田很正經地問。我的興趣是讀書和賽馬，不過我心想如果說讀書應該不妙，因此只回答：

「賽馬。」

結果遠田竟然說：「米奇，太好了！我們找到的這個人不只了解人心，就連馬的心情都了解。」

「別亂說！」我終於喊出口：「我只是一介飯店員工，來這裡是要委託遠田先生寫邀請函上的收件人姓名，為什麼會演變成要我來想信件內容？」

「阿力這段話的意思，簡單地說就是『需要報酬』。」遠田擅自替我亂翻譯。

遙人以認真的表情回答：「我有一直存下來的紅包兩萬圓，還有這個月零用錢剩下來的三百圓。」

「很好，那就對半分吧。」遠田朝我露出奸笑。

「怎麼可以騙小學生的錢！」

遠田把一隻手放在我的肩膀上，像是在安撫馬般輕輕搖晃。

「阿力，你想想看，這樣下去不會有結果。米奇當然不會退讓，那我們就沒辦法談工作，你就永遠不能離開這個家。」

他的說法就像不祥的預言。我指揮遠田收回放在我肩膀上的手，說：

「萬一真的不行，我只要去拜託別人來寫收件人姓名就好了。」

「噢，真的嗎？」

遠田笑嘻嘻地反問，他這副充滿自信的態度令我火大。不過從水無瀨的夫人小姐看到收件人樣本的反應來看，除非有萬不得已的情況，否則如果無法順利委託遠田，就會有損三日月飯店的名聲，也關係到身為飯店員工的我的評價。不，現在應該已經算是「萬不得已的情況」了，不過至少遠田看起來不是個蠢才。他雖然態度隨便，又不太聽別人說話，但看他在書法教室的舉止，以及對待遙人的方式，應該不是會濫用收件人姓名的那種人。

這一來，我果然還是應該協助遠田，以便早點開始洽談公事——這樣才是最好的方法嗎？唉，原岡，我完全沒預期到這種狀況，怎麼辦？

「總之，先試一下吧。」

遠田似乎敏銳地察覺到我內心的動搖，趁機繼續勸說：「阿力，你來替米奇的心情代言，然後我立刻用米奇的字跡把它寫在信紙上，好不好？」

「我知道了……我試試看吧。」

我心不甘情不願地接受遠田的提議。我今天剛值完夜班，早上八點和值日班的員工交接後，又加班完成累積的行政工作，在員工休息區稍微淋浴一下，過了中午離開飯店就直接來到這裡。雖然中間有小睡片刻，也有加班費，很明顯仍是過勞。我現在很累，很想早點回家吃飯睡覺，明天還要從下午一點開始值日班。

遠田把絨布和裝有墨水的菸灰缸挪到長桌邊緣，再把信紙信封組放到面前。

「好了，開始吧。你那位好朋友叫什麼名字？」

「土谷，土谷和孝。我打算直接交給他，所以不用寫地址。」

遙人說明漢字的寫法，遠田便從筆盒拿出2B鉛筆，在信封正面寫下「土谷和孝同學　收」，背面則寫上「三木遙人」。遙人以緊張的神情注視他寫字，然後小聲驚嘆：

「這是我的字！」

我也很驚訝，不禁懷疑自己的眼睛。遠田寫在信封上的字一看就像小學五年級男生寫的。雖然有些太過用力而歪斜，卻以鉛筆徹底重現我剛剛在遙人書法中看到的認真、纖細的線條，和遠田至今寫過的任何一種筆致都沒有絲毫相似之處。譬如把放在長桌邊緣的絕交書和此刻寫在信封上的字拿來比較，絕對想不到是同一個人寫的。

我感到毛骨悚然。這已經超過了「擅長寫字」的層次了吧？到底哪一種才是遠田原本的書法風格？感覺上每一種都像是他被完全不同的人附身寫出來的。沒錯，「附體」這個詞是最恰當的形容。就好像被筆致本身附體並支配，使得遠田本人的特色和意志都消失了。

「很好，感覺不錯。」

遠田以炯炯有神的目光盯著自己寫的字，接著又把鉛筆移到信紙上，說：「米奇，我會努力試試看，不過如果不行的話，你也只能乖乖放棄，採取『永遠都是好朋友』路線。」

「好的。」

遙人點頭。接下來輪到我上場了。我無法理解遠田的筆致為什麼能夠像變色龍演員般變化自如，不過我本來就對書法外行，不可能想像得出遠田真正的寫字風格是什麼。現在還是先效法遠田，試著讓自己成為遙人……

我盡量把注意力集中在信紙上，開口說：

「敬啟者　仲夏即將來臨……」

「太文謅謅了！」

遠田立刻批評。「我可以打賭，地球上沒有任何一個小鬼寫信會用『敬啟者』。米奇，你說對不對？」

「是……唔，我也不知道。」

遙人的頭再度做出不知是點頭還是搖頭的動作。「也許至少有一個人會這麼寫吧。」

我竟然害小學生必須揣摩上意！我一邊想著「你自己寫的絕交書還不是用『敬啟者』開頭」，一邊自我反省。

「對不起，我太緊張了。」

接著我對遙人說：「遙人，你如果覺得跟自己的想法不太一樣，就別客氣儘管說。」

「好的。」

我深深吸了一口氣，閉上眼睛，盡量去想像遙人的心情——對方是一起去撿石頭的好朋友。這個朋友不論面對大人或愛欺負人的小孩，都能毫不畏縮地主張不對的事情就是不對，也能示範對於不合理事物的抗議方式。但是今後兩人不能常常見面了，也許再也無法見到面。

我正要開始說信件內容時，忽然想到一件事：

「對了……」

「幹什麼？快點開始！」

拿著鉛筆的遠田正準備要下筆在信紙上，聽到我這麼說，大失所望，把手放在長桌上。

「抱歉，我忘了問一個很關鍵的問題。遙人，你平常怎麼稱呼土谷同學？我的意思是，不是對我們說明的時候，而是你很輕鬆地和土谷在一起的時候。如果沒有釐清這一點，信的內容就會失去可信度。」

「當然是『阿土』了。哪有人會用『阿土』以外的方式來稱呼姓土谷的人？地球上一個也沒有吧？」

遠田充滿自信地斷言，遙人卻說：

「那個……我平常就稱呼他『土谷』。」這證明在地球上至少有一個土谷派。「學校規定不可以取綽號。據說是因為亂取綽號有可能導致霸凌。」

「真的假的？那有什麼用？不能取綽號你還不是被霸凌了？」

遠田再度說出不識相的話。我當然又用手肘去推他。當遠田揉著側腹部時，遙人無力地笑著說：

「對我來說的確沒有效。會用對方討厭的綽號來稱呼的人，即使被禁止取綽號，還是會用其他方式來霸凌。土谷總是說，那些霸凌別人的同學是『可憐的傢伙』。他跟我說過：『那些傢伙一定是累積了某種壓力吧。不過，又不是被關在小籠子裡的實驗用老鼠，就算壓力大，通常也不會去霸凌別人吧？這樣看來，那些傢伙或許是缺乏想像力吧。老師也很奇怪，竟然去問他們為什麼要欺負三木。原因根本就不在你身上，應該問那些傢伙，霸凌別人的人心中到底有什麼問題，讓他們好好想想。這一來，或許就能發現解決他們內心問題的方法。不過我沒那麼親切，所以只想對那些傢伙說：下地獄吧！』」

土谷同學到底是何方神聖？他該不會是披著小學五年級生外皮的八十六歲智者吧？不論寫出多麼巧妙的信，土谷應該都會看穿這是找人代筆。不過我又想，重要的是傳達遙人的心情。

我再次深深吸了一口氣。

土谷：

聽說你第二學期就要轉學，我感到非常難過。於是我想要寫信給你，可是努力了一個星期，還是寫不出來。

遠田拿起鉛筆迅速抄寫。我斜眼瞥他一眼，看到他以模仿遙人的字跡逐一寫下我說的內容，就連使用的漢字和平假名也跟小學五年級生一樣，自然到彷彿是在描原本就印在信紙上的字。

跟你聊石頭的事情，我感到很開心。我把我們一起在多摩川撿到的石頭放在盒子裡，擺在房間當裝飾。那是我重要的寶物。

「續先生，你怎麼會知道？」

聽到遙人的聲音，遠田用鉛筆寫字的聲音停了下來。我彷彿大夢初醒般，眨了幾次眼睛才掌握到自己在哪裡、在做什麼。我因為一心想融入遙人的心情，似乎不小心太過投入了。

「我自然而然想到的。我想依照你的個性，一定會很珍惜地展示石頭。」

遙人高興地笑了。我再度調整呼吸，瀏覽信紙上的文字，再次集中精神。很快地，第一張信紙就快寫滿了。由於信紙上的每一行較寬，加上遠田模仿小孩子的字，把字寫得較大，因此我必須簡潔地整理出要說的話才行。

我常常想起那次班會的事。土谷當時替我問老師：「為什麼要跟那種傢伙好好相處？」

土谷，你有沒有讀過《銀河鐵道之夜》？

「有。」遙人在一旁插嘴回答，我的注意力再度被打斷。「我跟土谷都在學校圖書館借過這本書。喜歡石頭的人應該都讀過吧。」

「真抱歉。」

我為自己的無知道歉，遠田則用橡皮擦仔細地把這句話擦掉。

我們不是都讀過從圖書館借的《銀河鐵道之夜》嗎？那本小說裡不是會出現水晶嗎？就是裡面燃燒著小小火焰的水晶。在我心中也有那樣的水晶。自從土谷在班會替我發言以來，那顆水晶就一直燃燒著明亮而炙熱的火焰。所以即使土谷和我分開，到不同的學校，我相信自己仍可以過得很好，今後也打算繼續撿石頭。

雖然以後很難見到面，不過有一天，我想要拿自己撿到的新石頭給你看，也希望你能夠拿你在英國海岸撿到的石頭給我看。

請保重身體。到了盛岡之後，寫信告訴我你的地址吧，我會再寫信給你。如果爸媽買手機給我，我一定會立刻告訴你。

我希望可以再跟你一起搭電車，前往比多摩川更遠的地方旅行，就像喬凡尼和坎佩尼拉[13]一樣。或許要等我們變成大人以後才能夠實現，不過到時候我們可以在旅途中的河岸一起撿很稀奇、很漂亮的石頭。

三木遙人

遠田把寫好的信交給遙人，他默默地讀了幾次，接著把信紙貼在胸口，鞠躬說：

「少主、續先生，謝謝你們。」

遙人把信和筆盒收進書法袋的外口袋，神情爽朗地回家了。至於那封絕交書，他也順手仔細折好，收進外口袋——不知道他是顧慮到留下來對遠田過意不去，還是打算迫不得已時真的拿出來用。

我頓時感到疲憊不堪，癱在長桌前方揉著發麻的腳。要徹底化身成另一個人來想信件內容，比我想像的還要耗體力。

遠田目送遙人到玄關之後，打開廚房對面的襖門，探頭看我所在的八張榻榻米的房間。

13 喬凡尼和坎佩尼拉是《銀河鐵道之夜》中的主角和他的朋友，兩人搭乘銀河鐵道列車進行奇幻的旅程。

「要不要再喝一杯可爾必思？」

遠田明明展現出比我更強烈的附體狀態，卻似乎絲毫不感到疲憊，為什麼會有這樣的差異？我一邊感到不公平，一邊以不穩的雙腳站起來，說：

「謝謝，不用了，可以的話，我想去向遠田康春老師合掌致意。」

「佛壇在二樓，那麼工作的事也去那裡談吧。」

我在遠田引導之下，捧著公事包和費南雪的盒子來到走廊上。一陣熱氣湧來，不過對於被空調吹到冰冷的身體來說，感覺卻很舒服。八張榻榻米房間對面的廚房映入我的眼簾。他中午似乎是吃素麵，水槽裡還放著鍋子和篩網。充滿日常生活氣息的廚房空間很小，關上襖門就會變得很暗。

我跟在遠田後方，沿著走廊往玄關的方向前進。這時有個柔軟而溫暖的東西糾纏在我的腳邊。「哇！」我驚訝地低頭一看，發現是一隻白底花色的貓，正用身體摩蹭我的腳。

「噢，金子，原來你在這裡。」遠田抱起貓。「上課的學生是小學生的時候，牠就會躲起來不肯出現，可是成人班上課的時候，就會跑出來想要坐在女學生腿上。」

遠田這麼說，我才注意到冰箱旁邊擺了貓用的飼料盤和裝了水的容器。這隻貓穩穩地坐在遠田的手臂上，用一副「你，你要幹什麼？」的表情看著我。牠剛剛大概是把我誤認為遠田，才會對我那麼親暱。牠的身材豐滿，臉和眼睛也圓滾滾的，身體大部分的毛都是白色，不過從頭頂到左耳，以及屁股到尾巴的這一塊有黑色的花紋。除此之外，更大的特徵是鼻子下方有一道橫線般的黑色花紋，就像留著鬍子一樣。

話說回來，為什麼叫金子？從遠田稱呼三木遙人為米奇、名叫續力的我為阿力的命名法則來看……

「該不會因為是貓（neko），所以叫金子（Kaneko）？」

「不是。」

遠田重新把貓抱好，走向位於玄關入口處的階梯。「是因為牠長得像金子信雄[14]，所以才叫牠金子。」

為什麼只有貓的命名方式不同？不過聽他這麼說，還真覺得這隻貓不論是小鬍子或是兼具厚臉皮與膽小的態度，都跟《無仁義之戰》裡金子信雄飾演的角色一模一樣，讓我忍俊不禁。金子把下巴擱在走在前面的遠田肩上，一路居高臨下看著我上階梯。

二樓的面積比一樓窄，只有走廊右邊的兩間房間。遠田打開離階梯較遠的襖門，進入其中一間房間。

這個房間有六張榻榻米大，正面有面向庭院、高度及腰的窗戶，窗外有一小塊延伸出去的曬衣場。就如我先前在外面觀察到的，屋簷下方晾著手拭巾，曬衣場放著一排植物盆栽。從近處看，盆栽裡種的是蘆薈、萬年青、迷你玫瑰等，似乎沒有特定主題。

面向窗戶擺了一張和式矮書桌和座墊，看來遠田應該是在這裡工作。右邊有一道襖門，隔開隔壁的房間。隔壁房間應該是當作臥室使用吧。一樓的房間似乎都用作書法教室，私人空間只有二樓的話，遠田除了已故的康春老師以外，是不是沒有其他家人了呢？

左邊的牆邊擺了高達天花板的書架和胸口高度的桐木抽屜櫃。書架上擺滿書法相關書籍和辭典，其中有不少看起來很古老的書，這裡大概原本是康春老師的房間。

抽屜櫃的天板部分放了兩個裝了相片的小相框及兩塊牌位，以及香爐。那大概就是遠田所說的佛壇了。

遠田把金子放在榻榻米上，指著兩個相框對我說：

「這是老頭子，還有十年前過世的阿婆，也就是老頭子的伴侶。」

照片中的遠田康春老師表情顯得很頑固，雙手卻比著勝利姿勢。難道沒有更像樣一點的照片嗎？不過罷了。

我感到腦筋有些混亂。康春老師看起來像是八十多歲，做為遠田的父親，年紀未免太大了。康春老師的太太那張照片應該是在院子裡拍的，她正在將蝴蝶蘭移種到盆栽裡，朝著鏡頭露出溫和的笑容，他在十年前就已經七十多

14 金子信雄（一九二三～一九九五），日本演員，曾在電影《無仁義之戰》系列飾演黑道組長。

歲，同樣是不可能當遠田母親的高齡。更何況遠田連一次都沒有稱呼康春老師或師母為「父母」。

遠田似乎察覺到我的疑惑，低聲說：

「我是養子，大概是在十二、三年前來到這個家。姑且不提老頭子，阿婆非常照顧我。」

「這樣啊。」

我總算理解。康春老師或許是看中遠田的書法才能，因此收他為養子吧。

「對於康春老師的過世，我要再次表達遺憾之意。三日月飯店有一位長年和康春老師聯繫的原岡先生，今天本來也想來拜訪，不過因為已經退休，再加上閃到腰正在休養中，因此要我轉達他衷心的哀悼。」

「謝啦，不用這麼客氣。」

遠田說完，把大剌剌坐在座墊上的金子抱起來，再把座墊沿著榻榻米滑向我這邊。我徵求遠田同意之後點了香，然後正坐在座墊上雙手合十。牌位和遺照放在抽屜櫃上方，因此必須把頭抬得很高，不過我還是在心中默默感謝他過去對三日月飯店的貢獻。天板上沒有多餘的空間，因此我便把費南雪的盒子放在櫃子前方的榻榻米上。

拜完之後，我轉身朝向背對著和式書桌盤腿而坐的遠田。

「遠田先生，你現在是獨自一個人住在這裡嗎？」

「還有金子。」

遠田摸摸安頓在自己腿間的金子的背。金子盯著我，發出「噗喵～噗喵～」的叫聲，似乎想說：「你沒看見充滿魅力的我在這裡嗎？說得一副『很寂寞吧』的口吻，真是沒禮貌的傢伙。」金子的確是個可恨……不對，是可靠的伴侶。連寵物都沒有、貨真價實獨自一人生活的我，只能同意地閉上嘴巴。

隔著紗窗吹過一陣夏季的暖風，屋簷下的手拭巾隨風飄揚。線香清爽的香氣在室內飛舞。

由於沉默太久，我準備開始談工作，於是從公事包裡拿出資料。這時遠田突然說：

「對了，我剛剛在門口跟米奇討論之後，決定代筆的報酬是我跟你各一根美味棒[15]。」

「我不需要報酬。」

他真的打算向小學生收取某種形式的費用嗎？我開始懷疑是否能夠委託這個男人工作，便把準備遞出去的資料收回來。

「真的嗎？我還以為你會生氣，叫我不要擅自打折。」

遠田捏著金子的耳朵，又把牠臉上的肉往旁邊拉著玩。金子沒有表現出不高興的樣子，喉嚨裡發出呼嚕呼嚕的聲音。

「如果你對美味棒沒有不滿，那就收下吧。米奇也很起勁地說，他下次一定會帶來。」

「不過我應該不會再到府上……」

「為什麼？你不是想要請我當繕寫師嗎？」

遠田伸出手，我反射性地把放入資料的透明資料夾交給他。

「的確沒錯，不過工作方面的事，可以透過電子郵件或電話來談。」

「你一定還會再來到這個家。」

遠田瀏覽著從資料夾拿出來的資料，露出笑容，再度說出感覺很像不祥預言的話。

「要寫兩百多個收件人姓名，是給公司的嗎？」

「是的。名單方面，我會再以電子郵件把檔案寄給你。大部分都是工作相關的對象。」

「這樣的話，連部門名稱都得寫，會花上一點時間。最好可以有兩個星期，最短的話大概就十天吧。每一封的繕寫費用，照這樣的方式來計算沒有問題。」

「謝謝你。」

我還來不及多考慮，這項委託就談定了。「那麼我明天會把信封寄過來。

15　美味棒是日本平價零食的一種，於一九七九年發售，為玉米粉製作的棒狀點心，有多種口味。

希望你能夠在十天之內完成，寄回飯店。費用的匯款方式等細節，請在電子郵件中告知。」

「好喔。」

我特別強調「電子郵件」這幾個字，但遠田卻當作耳邊風，又問我：

「阿力，你喜歡什麼口味的美味棒？」

「大概是義大利香腸吧。」

「這不是小鬼吃的零食嗎？竟然還有那種下酒菜的口味！」遠田似乎很佩服。「米奇問我想要什麼口味，因為我沒有吃過，就跟他說隨便買吧。你就祈禱他會買義大利香腸口味吧。」

即使在長大之後，美味棒依舊很好吃。遠田說他沒吃過美味棒，該不會是很高貴的家庭出身的吧？雖然從他的說話方式完全想像不出來，不過他小時候或許是「只吃無添加物和手工製作的點心」、被當成王子來教養的……其實光看臉孔的話，他長相英俊，的確有點像蠻橫的王子。

「你真的不用替我在意美味棒的事了。」我說：「基本上，我不認為自己想出的內容能夠充分表達遙人的心情。」

「是嗎？可是米奇似乎很高興。」

「沒有，因為太突然了，所以我沒辦法完全化身為遙人，所以很懊惱。」

「阿力，你太正經了。說來說去，原來你也充滿幹勁。」

遠田笑著這麼說，害我不禁臉紅。我的確發揮了「使命必達」的飯店員工習性，面對信件代筆這種不熟悉的工作，也全心全力地協助。另一個原因是，遠田模仿遙人寫字實在是太像了，誘發了我「絕對不能落後」的競爭心理。

遠田又以溫和的聲音說：

「據說信件代筆最重要的，是『傾聽委託者的話』。寫完的信是不是真的交給收件人，其實不是那麼重要。有時候，代筆光是把聽到的心情整理成文句，並且用本人的字跡寫出來，就能讓委託者心滿意足。代筆最大的功能，其實是在這裡。」

這些是老頭子說的——遠田望向櫃子上方補充一句。我感覺到他的眼神中充滿尊敬之情，這應該不是我的錯覺才對。

「這麼說，信件代筆好像跟心理諮商滿像的。」我說。

希望我編出來的內容，能夠協助遙人稍微整理他混亂的心情，鬆一口氣。

「也許吧。阿力，你很適合從事代筆業，而且你這個人感覺很容易攀談。」

「拜託別再找我了，我真的好累。適合代筆的應該是你吧？你竟然連小學生的字都寫得出來。」

「老頭子說，我寫的字沒有掌握本質，只是『依樣畫葫蘆』而已。」遠田苦笑。「而且我都沒在聽人說話。」

沒想到他竟然有自知之明，我一時不知道該接什麼話才好。遠田又以疑惑的表情問我：

「對了，你剛剛怎麼忽然說出外國人的名字？米奇的朋友不是只有阿土嗎？」

我停頓片刻，思索他在說什麼，然後才想到：

「你是指喬凡尼和坎佩尼拉嗎？他們是《銀河鐵道之夜》裡的人物。」

「原來是小說裡的人物，我還以為我聽漏了米奇說的話。」

遠田的表情豁然開朗。遙人說過他除了土谷以外，也交到其他朋友，不過遠田果然沒有聽進去。

「那個水晶什麼的，也是那本書名很像在地啤酒的小說裡出現的吧？」

「是的。書中有一句是：『這些沙都是水晶，裡面燃燒著小小的火焰』。」

「噢……那真美。」

遠田露出微笑，彷彿看到白鳥停車場[16]的情境般。

我不禁被打動了。這個人無疑沒有讀過《銀河鐵道之夜》，甚至搞不好連宮澤賢治都不知道。我以為書法家應該都是精通古今的人，因此當然會擔

16 白鳥停車場是《銀河鐵道之夜》中出現的停靠站之一。列車在此停靠期間，主角和朋友會去附近的河邊。坎佩尼拉撿起河邊的沙時，便說出「這些沙都是水晶……」的話。

心像他這樣在工作上會不會有問題，但他只透過我朗讀的一段文字，就明確地感受到《銀河鐵道之夜》中透明的美感與哀愁，也是不可否認的事實。

我想起遠田先前抄寫我說出的信件內容時，宛若被附體般的模樣。他當時彷彿全身冒出蒼白的火焰。他能夠從第一次聽到的話中，敏銳地掌握蘊含其中的情感，發揮豐富的想像力，將之具體表現在文字中。對於遠田的感性與膽量，我浮現近似感動的情緒。

「阿力，你果然很有學問。」

遠田似乎也對我感到佩服。《銀河鐵道之夜》是超級有名的作品，就連小學圖書館都有收藏。讀過這本書應該不能算有學問，不過如果否定他，又像是一口咬定遠田「沒有學問」一樣，因此我只能曖昧不明地回答：「呃……沒有，還好。」

「一般來說，沒有人會記得小說的句子，更不可能臨時想到就寫在信裡。嗯，看來我找到很棒的人才了。今後我們也要像賈伯斯和卡帕妞那麼要好，一起來當代筆師。」

「我不做！」

誰是賈伯斯和卡帕妞？簡直是什麼跟什麼。

我的疲勞指針已經達到最大極限，因此趁遠田把金子從腿間挪開，對牠說「你再坐下去，我的雞雞就要被蒸熟了」的時候，向他表示我要離開了。

遠田把金子像圍巾一樣掛在脖子後方，站在門口替我送行。光是看他那副模樣就覺得熱。我臨走前從門外鞠躬，他揮揮手說：

「下次再來吧。」

由此可見他根本就沒有在聽人說話。他揮手的時候，從肩膀垂下的金子粗粗的尾巴也不斷搖晃。

「我會以電子郵件聯絡。」

我說完便穿過暗溝小徑。

來到住宅區的五岔路時，即使已經接近黃昏，太陽還是高掛在天空，周遭依舊只聽見蟬鳴。路上沒有人影，窗邊的小型犬也消失蹤影，回頭已經看不見遠田書法教室了。

在獨棟老屋和貓一起生活的男人、寫「風」字的一群小孩、信件的代筆、
或許有一天會實現的撿石頭約定。
我朝著下高井戶站繼續走。
這一切感覺都像是一場夢。

二

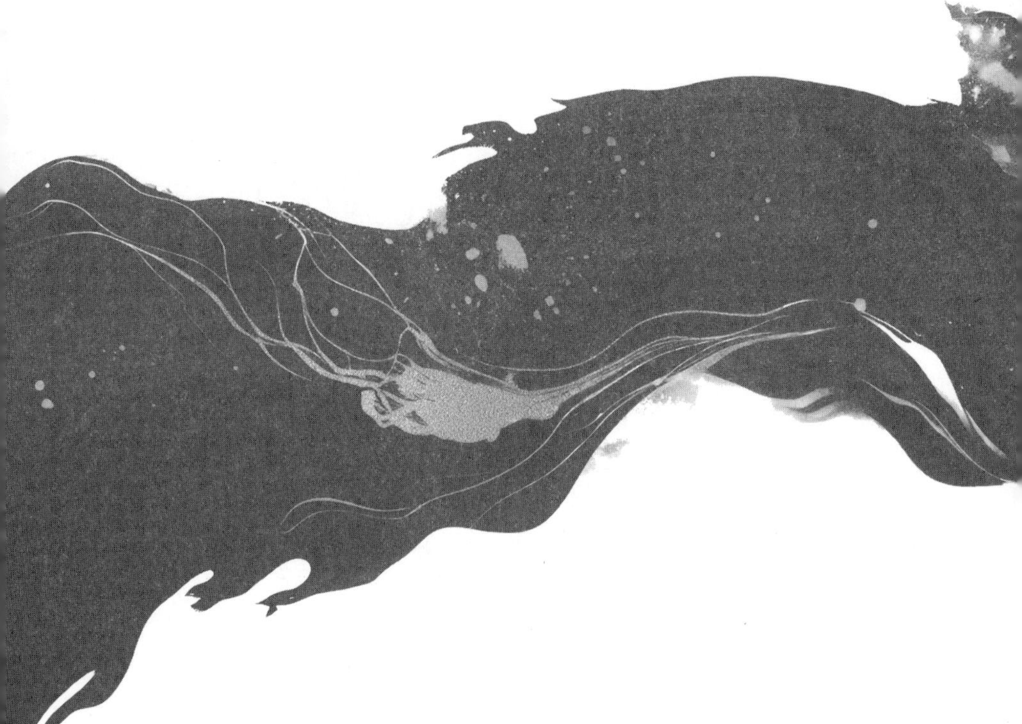

但當然，這一切都是現實。遠田也依照約定期限，把寫完收件人姓名的信封寄回來了。

裝了信封的小紙箱寄到三日月飯店的管理部門。我有些忐忑不安地檢查箱內的物品。信封每五十封綁在一起，為了避免被雨水淋濕而用蠟紙仔細地包起來，並且裝在塑膠袋裡。一解開蠟紙包裝，就飄散出介於礦物與植物之間、像是霉味又像是芳香的墨水特有的香氣。

雖然很不甘心，但我還是忍不住發出讚嘆的聲音。遠田寫的姓名宛若使用了打碎黑曜石溶解而成的墨水，帶有尖銳卻又深沉的光澤。我不禁想要用指尖輕輕揉搓，確認墨水是否還沒有乾。這些字不僅看起來濕濕的，也比樣本更添豔麗與銳利。

即便如此，收件人姓名並不會喧賓奪主，能夠達到平衡，保持告別會邀請函應有的低調沉穩。沒想到他竟然能夠在短短期間內寫出如此大量、這麼高水準的收件人姓名。對於書法字，我只能從一般觀點來分辨，無法斷言遠田做為書法家的實力，不過以繕寫師來說的話，遠田應該可以說是才華和實力都相當傑出的。

我對著超出預期、高完成度的成品嘖嘖讚嘆之後，忽然想到：「不對，等一下。」然後開始比對收件人名單和信封。我想到不論看起來多漂亮，遠田所寫的地址和姓名仍可能有錯漏字，因此要盡可能仔細檢查才行。不過我擔心，要是被同事看到我在檢查，會被視為「宛如挑剔的惡婆婆」，因此先環顧辦公室內，確認沒人才開始檢查。從這裡也能看出我膽小的程度。我雖然平常也會檢查收件人姓名，不過因為此刻是不懷好意地想要審視遠田的工作表現，才會在意同事的視線。

檢查兩次之後，我確認在這兩百多個信封中，收件人絲毫沒有寫錯。而且我原本寄出稍微多一些的信封做為備份，但遠田竟然一封都沒有寫錯。未使用的備用信封也仔細地以蠟紙包裹起來，放在紙箱的最底層。

這就是所謂的無懈可擊。

我撕下貼在紙箱上的貨到付款單據，揉成一團丟掉。單據是我準備給遠田的。看到上面自己寫的字，讓我感到相形見拙。實際見面時，遠田給我的印象是個性難以捉摸、自由奔放，和寄回來的信封完美程度之間有很大的落差，因而令我困惑。不過，三日月飯店隨時都在招募具備可靠技術的繕寫師，因此遠田願意登錄是件值得慶幸的事。

這時水無瀨源市先生的夫人和小姐剛好來訪，要討論告別會提供的料理，因此我便請她們看信封完成的成果。兩人都喜形於色，稱讚上面的文字比原本期待的更美。就連同席的主廚都特地在事後來找我，表達感想：

「那真的寫得很棒。在繕寫師當中，算是一流的吧？」

我拜訪遠田書法教室後，就立刻向原岡報告了事情經過。這時我再打電話給原岡，告訴他遠田的工作表現沒有問題，我也已經順利將邀請函發送給水無瀨先生的生意夥伴。（順帶一提，原岡的腰似乎已經好轉，回鈴音減少到六次。）

「是嗎？那真是太好了。」

隔著聽筒也能想見原岡綻放笑容的臉。「多虧遠田薰先生是個好人，遠田書法教室和三日月飯店都可以安心了。」

遠田真的是「好人」嗎？他的技藝的確很好，也能夠確實完成委託的工作，但是在人品方面，總覺得是個很隨便的人。不過我並不想讓原岡擔心，因此沒有對他說「還不能掉以輕心」。

「對了，阿續，我們一起去看秋季天皇賞吧！」原岡邀我。

「好啊。」我刻意用悠閒的口吻回答：「啊！而且今年剛好是在佛滅[17]的日子舉辦。」

秋季天皇賞是在十月底的星期日舉辦，距今還有將近三個月，原岡不急不徐。夏天沒有G１賽馬比賽，再加上原岡知道這段時期是飯店的旺季，根本不是關心賽馬的時候，因而體諒我的狀況。秋季天皇賞在佛滅之日舉辦也很理想，這天應該不會有結婚典禮的預約，即使是週末也容易請到假。我一邊盤算著現在就要開始若無其事地申請調整值班時間，一邊和原岡約定要去賽馬場。

17　佛滅是標示吉凶的「六曜（六輝）」之一，屬於大凶日，諸事不宜。

在秋季天皇賞上賭贏——我以此為努力目標，撐過忙碌的夏季。

面帶笑容迎賓送客。面帶笑容在三日月宴會廳服侍客人。面帶笑容和預訂宴會廳的客人進行討論。值夜班，深夜前往客房，由衷道歉之後面帶笑容替客人換燈泡。八月過了一半之後，為了留下回憶來到飯店住宿的客人更多了，於是我面帶笑容送上「三日月飯店特製塗色遊戲」，面帶笑容將宅配單據分類收好——這項工作是在客人看不到的地方進行，因此沒有必要保持笑容，不過我的表情肌已經僵住了，無法恢復——接著又面帶笑容迎賓送客。

在三日月飯店享受過假期的客人，個個看起來都精神飽滿，使我感受到充實的回報，不過夏天的旺季雖然是每年都有，還是讓我的體力不堪負荷。原岡在到達退休年齡之後還能繼續當約聘人員，簡直是超人。我在員工休息區和同事你一言我一語地哀嘆：「到了五、六十歲，還能繼續做下去嗎？」即便如此，面對客人時我們還是會挺直背脊。或許是心理作用，好像連肌膚都恢復緊緻了。所以包括我在內的三日月飯店員工，可以說都是以服務業為天職吧。

我和遠田透過電子郵件聯絡了幾次，因為有不少客人在看過收件人姓名的樣本後，指名要請遠田寫。遠田確實地完成所有委託，毫不拖延地把以工整字跡寫好收件人姓名的信封寄回。只有一次，他在照例簡潔的電子郵件尾端加上一句：

「美味棒快要過期了。」

不過我回信說：

「就請您吃掉吧。」

秋天的氣息變得濃厚之後，三日月飯店的生意很幸運地依舊興隆，因此我現在根本沒時間去吃美味棒。

我回到位於曙橋的屋齡四十三年、一房一廳、租金六萬八千圓的公寓後，就累癱在鋪在地板的被褥上。遙人不知道怎麼樣了？我雖然很在意他有沒有把那封信交給土谷同學，卻依然無法抗拒睡意。

到頭來，遠田成為多位繕寫師中的一人，我們之間只有公務上的聯絡。當初看到他像魔法般寫出不同筆跡時的驚訝，和他一起代筆寫信時奇妙的亢奮感與高昂的專注力，我已經忘得差不多了。

然而遠田這個人，是不會這麼輕易讓我過上平穩日子的。

從秋季天皇賞大輸的時候開始，我就有不好的預感，心想我的運勢果然在往下掉。

那一天是晴天，東京競馬場吹拂著舒適的風。原岡和我從中午過後，就佔了第一轉角附近的草坪坐下來，在人還不多的時候可以攤開野餐墊躺在地上。而且根據原岡的說法，這樣比坐在椅面硬梆梆的觀眾席對腰更好。

我們兩人都屬於「不看圍場派」的。在賽前看圍場，會覺得每一匹馬好像都很會跑，因而亂了心意。原岡的主張是：「如果看馬的身體就能知道狀況如何，大家早就猜中了。」從賽馬場的設備不斷變得豪華這一點就可以看出，無論看不看圍場，基本上觀眾都是猜不中結果的。

也因此，我們坐在鋪在草地上的野餐墊上，攤開報導賽馬情報的報紙，不斷研究討論。秋季天皇賞開始前的幾場比賽，我們當作是試身手，心血來潮就輪流去買馬券。原岡和我全都沒猜中，不過我們告訴自己，既然是試身手，這樣很正常，悠閒地喝著在販賣店買的啤酒，吃著章魚燒。

下午三點多，我們已經買了秋季天皇賞的馬券，只等比賽開始。這個時候人潮愈來愈多，我們折起野餐墊，被推擠到跑道的邊緣。

事實上，當我把第二顆章魚燒放入嘴裡、大叫「好燙」的瞬間，就收到天啟了。我突然心生一念：「這匹馬應該會贏。」那是人氣度第十八名，也就是出場的馬當中最沒有人氣的一匹。

平常的我傾向以最有人氣的馬為中心購買馬券，雖然是很無趣的購買方式，誰教我的個性就是無法冒險。天啟推翻了事前的研究，讓我猶豫了好一陣子，最後決定偶爾來賭賭看大冷門的馬，便買了人氣第十八名的馬券。

秋季天皇賞的結果令人跌破眼鏡。人氣較高的馬表現完全不如人意，第一名是人氣第五的馬，第二名是人氣第十的馬，而第三名竟然是我得到天啟的人氣第十八名的馬。我從來沒有喊得如此聲嘶力竭過。以柔韌肌肉構成的動物成群飛馳過我的眼前，馬毛的光澤烙印在我的視網膜上。賽馬場中迴盪著觀眾興奮或感嘆的吶喊，馬券就像是不符季節的落櫻花瓣般飄舞，接著是一片靜寂。

原岡把馬券揉成一團塞到口袋裡，然後忽然想到什麼，衝向我問：

「阿續，你該不會賭贏了？你剛剛不是說，想要買那匹馬試試看嗎？」

「沒有，我輸了。」

我給他看我買的馬券。想起當時的細節，仍讓我懊悔到發抖。人氣第十八名的馬最終跑到第三名，但我卻買了牠的單勝及三連複[18]。三連複的另外兩匹，當然是選了人氣第一與第二的馬，因此完全沒有沾上邊。

「怎麼會這樣！為什麼不買複勝？你是外行人嗎？」

原岡從我手中奪走馬券，準備丟到草坪上，又轉念把馬券揉成一團，塞入口袋裡。或許是身為前飯店員工的自尊，不容許他隨地亂丟垃圾。

「即使是複勝也有八十三倍。把投入單勝的一千圓改成複勝，就變成八萬三千圓了！五千圓會變成四十一萬五千圓，一萬圓就會變成八十三萬圓！」

「啊啊啊啊！」

因為深受打擊導致腰痛復發的原岡，以及失去氣力的我，相互攙扶著走向府中車站，前往遇到悲劇結局時一定會去的店，用麥芽調酒和超值烤雞串安慰自己。

「唉，阿續，這就是人生。」

稍微恢復冷靜的原岡一再用濕巾擦拭黏膩的吧台，邊對我這麼說。

「如果是這樣，那就太痛苦了。」

「嗯，可是還是要耐其難耐，忍其難忍。」

我們醉得差不多了，走出這家店。

我們一同坐上京王線的電車，住在調布的原岡先下車。

我進入三日月飯店時，原岡已經是受到憧憬的大前輩了。他負責教育新人，從基礎指導我的動作舉止，以及對待客人的細心態度。

18 單勝、三連複及複勝都是馬券的種類，單勝賭某匹馬贏得冠軍，三連複賭前三名的馬（不計順序），複勝賭某匹馬會跑進前三名的任一名次。

在地下化的調布車站月台上，原岡搖搖晃晃地走向電扶梯。他的背變得單薄，頭髮也變得稀疏。我心想，他老了，我還能再跟他去幾次賽馬場？可以的話，我當然想再和他去一百次秋季天皇賞，但即使是我也不可能再去一百次，如果能去四十次就算很好了。

二十多歲的時候，很少會像這樣去計算剩下的時間，也不會去想還能夠和這個人共度多久。我搭乘的電車開始行駛，在車窗外朝我舉起手的原岡身影流逝到後方。

就如原岡所說，人生大概就是這樣，決定要製作化妝水的水無瀨先生算是特例。像我這種人，即使得到天啟也不是什麼大不了的內容，甚至還會在解讀時出現神奇的錯誤，反倒把機會變成垃圾。每天工作、吃喝拉撒、睡覺，轉眼就到了告別的時候——即便如此，在那一天來臨之前，我們還是會假裝忘記，還是會賭博、歡笑、懊惱，盡量過著快樂的生活。

我的臉蒼白地浮現在映出夜幕的電車窗戶上。話說回來，今天真的很可惜，如果有八萬三千圓，就可以付下個月的房租，即使去吃烤肉而不是吃烤雞串也還有剩。

迎接星期一來臨時，我擔憂著自己的運勢會一路往下，甚至遇上天大的麻煩。不過一反我的預期，接下來的日子過得平穩無事。到了十一月第一個星期五，在三日月宴會廳舉辦了水無瀨源市先生的告別會。

這場立食形式的告別會辦得很棒，受邀的賓客和睦地談起對於水無瀨先生的回憶，會場中四處都有人拿起酒杯敬酒，並品嚐主廚精心製作的料理。設置在正面後方的簡樸祭壇上，除了水無瀨先生撈豆腐的黑白照片之外，也擺出曾孫們畫的肖像畫，還有名符其實錦上添花的淺粉紅色毛茛。據說它的花語是「不經修飾的美」，非常符合水無瀨先生的生活哲學，以及他所創立的化妝品公司理念。

水無瀨先生的夫人與小姐分別穿上藍灰色與淺紫色的江戶小紋和服，四處與賓客寒暄。會場上沒有感傷的氣氛，兩人所到之處都洋溢著笑聲，從賓客口中源源不絕地湧出對水無瀨先生的回憶。

當我把空盤堆疊在銀托盤上，準備拿到廚房時，夫人與小姐特地走過來，向我道謝。

「續先生，真的很謝謝你，如此細心周到地替我們準備這場告別會。我先生在天之靈一定很高興。」

「不敢當。承蒙兩位這麼說，能夠稍微報答水無瀨先生一家人的恩惠，我就很慶幸了。」

「邀請函也很受好評，請你代我們向那位寫收件人姓名的繕寫師道謝。」

「好的，我會轉達。」

我雖然這樣回答，心中卻想著：等有機會再說吧。想到要讓遠田得意，就覺得不太甘心。

這種小氣的想法似乎讓我遭到了報應。

告別會成功結束，我也值完週末的晚班，在十一月第二個星期一的早上九點，正準備離開辦公室回家時，剛交接完的日班員工叫住了我：

「續先生，請等一下，繕寫師遠田先生打電話來。」

員工指著辦公室的有線電話，要我趕快接。

沒想到遠田竟然會在這種時候主動聯絡，真是天網恢恢，瞞不過撈遍嫩豆腐而不讓它破碎的水無瀨源市先生眼睛。我決定放棄抵抗，乖乖地把水無瀨夫人和小姐的謝意轉達給遠田。

我心不甘情不願地回到辦公室，接起聽筒，解除保留按鈕。

「電話已經轉接，我是續力。」

「嗨！阿力，好久沒有看到你了。」

睽違三個月聽到的遠田的聲音依然低沉而宏亮，而且相當爽朗。我自然而然地用一隻手圈起聽筒的麥克風部分，對他說：

「我應該算是滿頻繁地透過電子郵件跟你聯絡了。」

「畢竟有些事情得面對面才能傳達呀。」

「你的意思是……？」

「我也許陷入低潮了。目前你委託的書寫收件人姓名的工作，我感覺不是很順利。」

「是不是身體出了問題？還是工作太忙碌了？」

「沒有，我非常健康，而且展覽剛結束，所以很閒。」

「你可以把寫好的部分寄給我看，像平常那樣貨到付款就行了。距離期限還有一段時間，剩下的部分也可以拜託其他人，所以請不要太勉強。」

「你委託的工作，我全都寫完了。」

「那到底是怎麼樣？」

我忍不住脫口而出，又連忙壓低音量說：「那就請你寄回來吧。」

「阿力，你什麼時候放假？過來拿吧。」

「為什麼？」

聲量調節再度失控，我原本想要轉達水無瀨夫人和小姐的謝意，卻遲遲無法進入話題。辦公室裡的員工以詫異的神情轉頭看我，我稍稍縮起肩膀，朝著聽筒說：

「我還有其他工作，沒辦法說拜訪就去拜訪各位繕寫師的家。總之，請你像平常那樣寄來吧。」

「不要。你不過來的話，我就不還你信封。你會一直沒辦法寄出邀請函，後悔莫及。」

「你為什麼要像小孩子一樣鬧脾氣？」

「阿力，你才應該坦率一點。有人送我很高級的肉，可以順便請你吃。」

「不用了。」

「你寧願後悔，也不要吃肉嗎？真是變態。這樣也很刺激，不過你要有拿不回信封的心理準備。」

為什麼我得跟遠田進行這種像是和綁匪打情罵俏的對話？我感覺到同事的視線如芒刺在背，終於認輸。

「你什麼時候放假？」

遠田再度問我，我回答：

「知道了。如果可以現在過去的話，我今天有時間。」

「好。那我等你唷！」

遠田格外響亮的聲音或許從聽筒傳了出來，當我全身虛脫地掛斷電話時，同事對我說：

「你跟遠田先生好像變得很熟了。我也應該效法你，和外面的業者建立能夠良好溝通的關係。」

「這個嘛，怎麼說呢……還是適可而止比較好吧。」

我被認為是跟遠田私下很要好才要去見他，這樣一來就很難申請加班費了。我感到更加虛脫。

我的運勢果然在走下坡。

我拖著沉重的步伐，再度前往下高井戶站。

遠田書法教室跟我在夏季來訪時一樣，靜靜地矗立在暗溝的那一頭。說到有什麼變化，就只有庭院裡的櫻花葉子逐漸染上色彩而已。

我因為沒有預期到下班後要去拜訪，因此只穿著毛衣、牛仔褲和薄外套的便服，不過反正是遠田突然叫我去的，所以管他的。即便這麼想，我還是隨手整理了一下襯衫領子等，才按下大門旁邊的門鈴。

沒有反應。明明是他叫我來的，怎麼會這樣？難不成他說陷入低潮是真的，因為身體狀況出問題而臥病在床？我開始擔心，一邊喊：「遠田先生，我是續力。」一邊拉開裝設不良的拉門。在屋內走廊的前緣，橫亙著一隻黑白花紋的貓。

「哇！嚇我一跳。金子。」

我彎下腰想摸牠，牠卻突然閃開，沿著走廊走入屋內。這時遠田從廚房的方向走出來，他今天也在深藍色作務衣底下穿著白色長袖T恤。

「你來得太晚了。」

「很抱歉。」

我反射性地道歉，但手錶的針卻指著十點前。我沒有半路繞到其他地方，直接奔來這裡，卻受到如此不講理的對待，真是莫名其妙。不過我已經學到，反駁遠田只是徒勞，因此默默脫下外套和鞋子，踏上屋內走廊。

遠田引導我到一樓靠裡面的八張榻榻米房間。隔開這間房和隔壁六張榻榻米房間的襖門是關上的，房間裡以暖氣稍微調高溫度。學生使用的長桌只剩下床之間前方的那一張，其餘全都折起來，堆在隔開兩間房的襖門旁。代替講桌的和式矮書桌也挪向襖門那裡。我隨手折起外套，放在堆疊的長桌上。

「今天沒有上課嗎？」

「嗯。週末要上成人班和兒童班的課，忙到不行，所以星期一固定休息一天。阿力，你運氣真好，可以待久一點。」

我並不想待太久，不過還是遵從他的建議，在只剩一張的長桌前坐下。遠田從房間角落搬來小型紙箱，放在我的身旁說：

「這是你委託的工作，既然來了，就檢查一下吧。如果感覺ＯＫ，我就打包起來，明天立刻寄出去，畢竟要捧回去很麻煩吧。」

我快速檢查了一下裝在紙箱裡的信封。遠田寫的收件人姓名字跡照例工整而端正。如果這樣也算陷入低潮，那麼像我這種人就變成「這輩子都在紙上留下蛞蝓爬行痕跡般的符號，還硬稱是在寫字的人」了。

他所說的低潮云云，大概只是要我來的藉口吧。這麼說來，遠田要我來的真正目的是信件代筆嗎？他又要我聽委託者說話，然後像乩童一樣擬出信的內容嗎？

如果是這樣的話，我最好趁委託者到訪前趕快告辭。我急忙把信封收進紙箱，蓋上蓋子。

「從這些信封上完全看不出任何低潮的跡象，非常感謝你。那就照你所說的，麻煩寄回飯店吧。」

我迅速說完之後抬起頭，發現遠田不知什麼時候已經離開房間了。從廚房傳來東西碰撞的聲音。我錯過告辭的時機，只好再度坐下。這時隔開走廊的襖門被打開，遠田端著電磁爐走進來。

「我要做壽喜燒，你吃完再回去吧。」

「什麼？早上就吃壽喜燒？」

「法律沒有規定早上不能吃壽喜燒吧？」

法律的確沒有規定，不過再怎麼說，總覺得對腸胃的負擔很大。我這麼想，但遠田逕自往返於廚房與房間之間，不斷把淺底鍋、裝了蔬菜的篩籃、調味料等端進來。他的動作俐落到我不僅沒機會拒絕用餐，甚至連詢問「有沒有需要幫忙的地方？」的空隙都沒有，只能坐立不安地不時移動屁股，默默旁觀他的動作。

遠田最後拿了一升瓶[19]的酒和放在桐木盒裡的牛肉進來。

「阿力，你會喝酒嗎？」

「這個嘛……只有淺嘗而已。」

遠田笑著說：「會喝的傢伙不知道為什麼，都這樣謙虛。」

我原本抱著一絲希望，期待那瓶酒是用來做壽喜燒的調味，但他卻直接把日本酒倒進兩個玻璃杯裡。

「從早上就喝酒？雖然法律沒有規定早上不能喝酒……」

「你接下來就休息了吧？在我家喝酒吃飯再回去，不會遭到報應的。」

遠田沒有乾杯就直接舉起杯來喝，然後把鍋子放上電磁爐，開始做壽喜燒。看樣子似乎沒有委託代筆的人要來，難道遠田真的是出自好意，要招待我吃壽喜燒嗎？

老實說，我喜歡喝酒，也喜歡吃肉。我連早餐都沒吃就直接過來了，因此肚子很餓。鍋裡的湯頭加入了豆腐、白菜、蒟蒻絲，將水蒸氣和美味的香氣擴散到整間房間。這應該是柴魚湯頭。我稍微放鬆心情，轉念想，難得有這個機會就吃了再走吧，於是重新坐好。

遠田背對床之間，面對長桌坐下，以熟練的手法把醬油、砂糖和味醂加入鍋裡、又將日本酒直接從一升瓶中倒入鍋中。雖然都是粗略地憑直覺拿捏份量，不過，刺激食慾的甜鹹香氣依舊擴散開來，豆腐和蔬菜也逐漸呈現美麗的褐色。

我情不自禁地伸長身體，探看遠田手中的桐木盒。裡面裝的是宛若蒙上細緻蕾絲、看起來相當高級的霜降牛肉。

「這不是很棒的肉嗎？哪裡來的？」

「昨天有人送我的，我想請你吃，於是打電話給你。」

「怎麼會想到要請我？」

「因為你會給我寫收件人姓名的工作，所以我想應該要招待你一下。」

雖然有點太早，不過大概是學生送的歲末謝師禮吧。他會請我吃這麼高級的肉，怎麼想都有鬼，不過我決定不繼續追問。放了肉的鍋子裡，終於咕嚕咕嚕地煮滾了，顯得更加美味。遠田加了醬油和砂糖做最後的調味，然後說：

「好了，完成了。」

他把電磁爐的火力轉為「弱」，對我說：「我還準備了最後加進去的烏龍麵，所以你盡量吃吧。」

接著，他說了聲「對了」後站起來，走到廚房拿了兩個小缽過來，把其中一個放在我面前。金子貼著遠田的腳邊進來房間，盯著小缽。

「這是生拌竹莢魚泥。」

遠田說完，再度在我對面坐下。小缽最下層很講究地鋪了紫蘇葉，葉子上盛了帶有光澤的竹莢魚泥。

「好厲害。這也是你做的嗎？」

「這很簡單吧？」

「我完全不懂料理，只會做一大碗泡麵，或是一大盤義大利麵而已。」

「阿婆很喜歡料理，所以我看著她怎麼做就跟著學。不過平常我也只做些簡單的麵類來吃。」

為了避免被壽喜燒的湯汁濺到，我把紙箱挪到隔開房間的襖門邊。我們把蛋打進碗裡，齊聲說：「開動了。」然後有好一陣子都只顧著專心吃喝。壽喜燒和竹莢魚泥的味道輪廓都很鮮明，明顯是愛喝酒的人做的料理。我全心全意地動著筷子，中間不時拿起酒杯喝酒。

「真好吃，實在是太好吃了。」

我感動到幾乎是半自言自語地說出感想。遠田一邊替我倒日本酒，一邊瞇起眼睛說：

「很高興合你的口味。阿力，你沒有女朋友可以替你做飯嗎？」

「沒有，而且就算有女朋友，我也不會要求她替我做飯。只要有空的一方去買現成配菜，或是自己做就行了。」

「說的也是。」

「你為什麼要問這個問題？」

「沒什麼，只是閒聊而已。」

他該不會是在追求我吧？這麼豐盛的菜餚，難不成是在實踐「要抓住對方的心，就先抓住對方的胃」這種老套的招數？我心生這樣的疑慮，但遠田卻像難得獵到長毛象的原始人般大口吞下霜降肉，毫不停頓地發出「嘶嘶」聲大口吸入蒟蒻絲，看起來不像是在追求心儀對象的樣子。我對他的舉動感到不解，不過還是提出了從剛剛就一直在意的事：

「話說回來，金子的視線熱烈得都快要讓竹莢魚泥牽絲了。」

金子坐在我旁邊，一直盯著我的小缽。我問遠田：「這裡面有加調味料，所以不能給貓吃吧？」

「基本上，青背魚好像都不適合給貓吃。」

「原來是這樣啊，真糟糕，我小時候還把竹莢魚和秋刀魚的生魚片分給家裡養的貓吃。」

「只要不是把青背魚當主食，應該就沒關係吧。不過餵貓吃生魚片，還真是奢侈。」

「我的老家在釧路，海鮮類很豐盛。」

金子像聽得懂魚的名稱般，發出「噗喵～噗喵～噗喵～」的聲音討食。

「金子，過來。」遠田停下筷子呼喚牠：「你這樣好像我都沒有餵你一樣，你的盤子裡還有剩下的乾飼料吧？」

金子堅持不肯動。牠似乎判斷我比較好對付，一直盯著我的小缽。

「真拿你沒辦法。」

遠田把手插入作務衣的口袋摸索，然後把袋裝的貓點心丟過來給我。

這……這不是以貓咪陶醉舔食的廣告著稱的商品嗎？我小時候還沒有開發出這種貓用點心，因此我沒有給過家裡養的小黑。活到十五歲往生的小黑比我還年長，不論是鯛魚的硬骨頭或抓來的麻雀、老鼠，都能很強悍地嚼碎吃掉。小黑肯定明白人類說的話。在牠晚年時，我的雙親和哥哥都交頭接耳地說：「這隻貓搞不好已經成為貓怪了吧。」

雖然我很遺憾沒有看過小黑為貓點心陶醉的模樣，不過如果是金子，會有什麼樣的反應呢？相較於精壯的小黑，金子的體型可以說很有份量，兩隻貓的共通點是高傲而冷淡的態度。不過即使是金子，面對這點心的威力或許一樣會露出令人憐愛的表情。

我心懷期待地剪開袋口。金子用比我更期待的眼神盯著我的手，然後在袋子打開的同時，緩緩走上我盤腿而坐的大腿上。

「哇噢……？」

正當我為了金子的重量和罕見的貼近程度感到驚訝時，牠已經用雙掌夾住我拿著袋子的手，開始吮吸並舔食袋裡的肉泥。

「哇噢！」

全心全意就是在形容這副模樣吧。因為太好吃了，金子不僅陶醉地瞇上眼睛，還翻起白眼，感動到發出「噗呼、噗呼」的激烈鼻息。再加上牠鼻子下方一條橫線的花紋，看起來就像長了鬍子的嬰兒在喝牛奶，沒有想像中的可愛，反而有點恐怖。而且只要牠對我的手部角度一有不滿，就會用前腳強硬地調整，爪子刺進我的皮膚裡很痛。

「很誇張吧？」遠田用帶著笑意的聲音對我說。

「的確，很有震撼力。」

我從金子口中拔出袋子並點頭。袋子已經變得扁平，牠還像妖怪一樣不停地吸。金子不知道是在表示不滿還是滿意，喉嚨不斷發出「呼嚕呼嚕」的聲音。不知為何，牠似乎把我的大腿認定為坐墊，大剌剌地坐在我的腿上，開始用前腳整理嘴巴周圍的毛。

壽喜燒在水煮得有點乾之後依然很美味。由於金子總算安靜下來，我和遠田便繼續吃壽喜燒，並悠閒地以竹莢魚泥為下酒菜配日本酒。因為有點渴，雖然順序有點不太對，喝到一半我們開始改喝啤酒。遠田調高電磁爐的火力，把烏龍麵條和打散的雞蛋液倒進鍋裡。我們吃著煮得軟爛、吸飽湯汁的烏龍麵，繼續喝酒。

「白天喝的酒為什麼這麼好喝呢？」

「我也不知道。感覺比天黑之後喝的酒更容易醉，覺得好像賺到了。」

遠田似乎也跟我一樣，屬於「啤酒等於水」派的，你一言我一語聊著典型酒鬼的論調。

我感到很奇妙。我和遠田並不是朋友，以工作往來的對象來說，關係也很淡，今天才第二次見面，然而我卻完全放下心防，眺望著窗外即將迎接冬天的庭院，享受著貓的溫暖，像是多年老友般，和遠田有一搭沒一搭地聊著無關緊要的話題。雖然可能是酒精與牛肉的作用帶來的幻覺，但我不知不覺地對這個空間感到自在舒適。

「阿力，原來你養過貓。」遠田看著仍被金子壓著、辛苦地解開雙腿的我說：「你面對金子的時候，總是有點戰戰兢兢，所以我本來以為你不習慣跟貓相處。」

「那是我母親結婚前就養的貓。牠的個性就像聰明的國王一樣，老是捉弄我。我上小學前牠就死了，母親似乎也沒有心情再養另一隻貓，所以我是真的不怎麼習慣跟貓相處。」

「真是一位好媽媽。」遠田微笑著說。

是嗎？我只知道如果把脱下的襪子亂丟，就很容易惹她暴怒。反正包含我在內，我們一家人都很平凡或平庸，沒有特別好或特別壞，是很普通的家庭。飯店在年底年初時是旺季，因此我已經有兩年左右沒有回釧路。春天時，住在雙親家附近的哥哥夫妻跟我聯絡，說他們第二個孩子出生了，因此我考慮在過年後請幾天假，難得返鄉一次。

「遠田，你跟金子已經相處很久了嗎？」

「已經十年了。阿婆的喪禮結束的第二天早上，金子在院子裡哭，似乎是和母貓走散了。牠當時雖然還是小貓，臉孔卻已經長得很像金子信雄，所以我覺得就算丟著牠不管也沒關係，可是老頭子卻主張要養牠。」

「原來如此，這也是故人的功德一件。」

「你講話還真像老人。」遠田哼了一聲：「救了金子信雄算是功德嗎？」

就算金子信雄常常演反派，對偉大的演員說這種話仍未免太失禮了。

金子即使成為話題，也一副事不關己的態度，把臉貼在我的肚子上蜷曲著身體。牠不曉得是不是睡著了，就算我撫摸牠柔軟的背部也很安靜，只有全身配合著呼吸緩緩膨脹或縮小。先前的牠看起來就像長了鬍子的「大叔嬰兒」，現在的牠包括黑白雙色的花紋、肥胖的身軀，看起來都像貓熊的嬰兒。這時我總算看到些許牠可愛的一面。

「說到功德，我一開始委託你寫的告別會邀請函收件人姓名，受到家屬盛讚，要我代為表達謝意。」

「那就好。我的字美到簡直是罪惡。」

遠田雖然這麼說，卻似乎有些羞澀。

就這樣，我們吃吃喝喝了將近兩小時。我吃得很撐，受到遠田泰然自若的態度影響，不小心待了太久。我把喝光的第二罐啤酒罐放在長桌上。

「要不要再喝一罐？」

「不用了，我已經喝很多了。謝謝你的招待。」

「這樣啊，那至少喝完飯後的茶再走吧。」

遠田把壽喜燒的鍋子端回廚房，然後又開始準備。我悄悄把金子從腿上挪開，站起來伸了一下懶腰。我走出房間到走廊上，朝著把水壺放到瓦斯爐上的遠田背影說：

「抱歉，可以借一下洗手間嗎？」

「好啊，最靠近玄關那扇門就是了。」

我解決完之後，回到八張榻榻米的房間，看到原本做為餐桌使用的長桌被折起來挪到角落，日式矮書桌又回到床之間前方，上面還放了薄薄的信紙和鋼筆。他的動作未免太迅速了吧？

「那個，我差不多該告辭了……」

「別急，先喝杯茶吧。」

遠田從放在榻榻米上的托盤拿起一個茶杯，然後把另一個茶杯連托盤一起推到矮書桌前方。我面向背對著床之間的遠田，隔著矮書桌提心吊膽地坐下。茶杯裡裝的是玄米茶，溫度恰到好處，香氣宜人又美味，反倒讓我感覺不吉利。

「阿力，你吃了牛肉吧？」

「嗯，不過那是因為你叫我不要客氣……」

「你吃了吧？」

「吃了。」

「好，那你就來幫忙代筆吧！」遠田露出邪惡的笑容。

「果然是這麼回事！」

我忍不住大喊。在窗邊曬太陽的金子稍稍動了動耳朵，似乎是在抱怨：

「好吵。」

「我想請問一下，為什麼我必須幫你做這種代筆的工作呢？這是你接的工作，請你自己想辦法吧。」

「來，這個給你。」

遠田把手插入作務衣的口袋裡，掏出義大利香腸口味的美味棒給我。又不是某機器貓，不要什麼東西都放進口袋裡——我雖然這麼想，但沒了氣勢，乖乖收下美味棒。

「這是遙人送的嗎？」

「嗯。美味棒真的很美味，我吃的是玉米濃湯口味的。」

「那封信最後怎麼了？」

「不知道，我沒問。」

「為什麼不問？照理來說應該會問吧？」

「米奇很開心地繼續來上課，給我美味棒的時候心情看起來也很好，應該沒問題吧。所以說，這次我們也一起來代筆助人，累積功德吧！」

「不要。」

「阿力，我雖然不想提，但是我們剛剛吃的牛肉，聽說一百公克要兩千五百圓。」

「這種事你反而問了嗎？真搞不懂你這個人在想什麼。」

「如果不問清楚報酬，就會影響到工作意願。剛剛兩人總共吃掉了五百公克吧。」

嗚嗚……要是我在秋季天皇賞賭贏了，就能毫不猶豫地留下不只是自己吃的份、甚至是全額，然後立刻走人。委託者為了請人代筆，等於是付出了相當於一千多根美味棒的金額。我感到胃裡的牛肉突然變得沉重，於是摸著肚子問：

「買那麼好的肉想要請你代筆的，到底是什麼樣的人？」

「是個年輕女人。」遠田似乎以為我終於有了意願，開始說明事情經過。

據他說，上次接受遙人的委託後，遠田書法教室正式重啟代筆業的消息逐漸傳開。從秋天左右，就陸陸續續有委託者來訪。

「請等一下。」我插嘴說：「我沒聽說在遙人之後還有其他委託者。這麼說的話，即使沒有我，你一個人也能處理代筆工作吧？」

「不要因為我沒聯絡你就鬧彆扭嘛！這是要看情況的。」

據說代筆的工作幾乎都是由委託者事先準備好信的內容，由代筆者來抄寫。是要模仿委託者的筆跡，還是要盡量寫出「漂亮的字」，就依委託者的需求來進行。

比較少見的是，抄下委託者當場口述的內容。譬如老人家因為手會抖而沒辦法寫字，想以口述方式請遠田寫下給孫子的信。當然也有很多委託者會一時找不到適當的言語，就由代筆者適度地應對，巧妙引出對方的話。遠田告訴我，這種時候就看能做到多少康春老師所說的「傾聽委託者的話」。像遙人那次從頭開始擬出信件內容，似乎是相當例外的情況。

我對代筆的收費制度感到好奇，便問遠田是不是每次都以食物做為代價。他告訴我：

「沒有。通常還是會依照份量和耗費的工夫計算金額，請對方付錢。」

不過他大概懶得計算金額和請款，所以當對方拿食物來請他幫忙，他也會想「反正能填飽肚子，也可以啦」，隨隨便便地接下工作。

遠田繼續說：「昨天晚上，那個女人大概看準上完課的時間，帶著牛肉到這裡。她的年紀大約二十多歲，看起來像是上班族，是個感覺很正經、又有點漂亮的女人。」

遠田請她進入一樓的八張榻榻米房間，女人拿出裝了牛肉的桐木盒，說她聽朋友的朋友說，遠田在從事可以包辦內文的代筆業。

「這樣不會太模糊了嗎？那樣身分不明的人送的肉，你竟然也敢吃！」

「你不是也吃了嗎？」

「雖說是不可抗力，但我確實大意了。」

我先前參觀的剛好是兒童班的課，不過遠田書法教室的學生似乎以社會人士居多。遠田猜測女人大概是從學生那裡聽到消息，於是便問她要寫什麼樣的信。

「結果她說要寫情書。」

「那是不可能的。」

「你放棄得也太快了吧？」

「可是這等於是要我和你一起為陌生女人寫情書耶，世界上沒有比這個更徒勞的事了。」

「人生就是要忍受徒勞的事。」遠田說出好像很有哲理的話：「而且正確地說，應該是『反情書』。她說她想和目前交往的男人分手，所以要寫這封信。」

「噢，這不就是絕交書派上用場的時候了嗎？請加油。」

我正準備站起來告辭，遠田卻隔著矮書桌一把抓住我的毛衣下襬。

「我不想威脅你，不過如果你一直不肯同意，我搞不好會得肌腱炎喔。

這一來，就沒辦法做繕寫師的工作了。」

「你這不就是在威脅我嗎？」

「我只是說出事實而已。書法家的手臂是玻璃做的，所以常常會得肌腱炎。」

哪有這回事！我低頭看遠田的手臂。即使穿著長袖T恤也看得出來，他的手臂鍛鍊得相當粗壯，而且我的毛衣快被拉長了，我無奈地再度坐下。

「說實在的，這種事為什麼需要寫信？只要說聲『我們分手吧』就結束了吧？難道她的男朋友有跟蹤狂的習性，可能會糾纏不清嗎？」

「唔，感覺好像也不是這樣。」

我完全搞不清楚狀況。

「遠田，你有好好聽委託者說話嗎？你不是也同意，代筆工作就像是在做心理諮商嗎？」

「這個嘛……我當時只想著：『我從來沒吃過一百公克兩千五百圓的肉。』」

遠田豎起一邊的膝蓋，抓了抓從作務衣露出來的小腿。「不過我記得那女人說：『即使因為想分手而故意在他面前露出邋遢的樣子，或是說任性的話，男朋友也會完全包容。』根本沒辦法營造要分手的氣氛。」

「這怎麼聽都是在放閃吧？這樣的男朋友不是很棒嗎？」

「是嗎？」遠田重新盤起雙腿，歪著頭說：「女朋友明明表現出跟以前不一樣的態度，那個男人卻不問『怎麼了』，只是一味包容，這樣根本就是怠慢吧？那種男人味如嚼蠟，超級無聊，我覺得會想分手是理所當然。」

「這麼說或許也對……」

我試圖喚起過去交往的回憶，但沒有找到值得參考的例子。畢竟我的情況幾乎都是：畢業之後升上不同學校，自然而然結束戀情；或是彼此工作太忙、談過之後決定平和地解除關係之類的。我並沒有遇過想分手卻遲遲無法分手，或是一方提出分手，另一方卻激動地試圖挽留之類的經驗。

如果說燃燒般的熱情才是戀愛，那麼我大概還不到小火的程度，甚至平和到像是「舒服地泡溫泉，因為快到晚餐時間所以決定起身」，讓我懷疑搞不好根本不算戀愛。不過和歷任（明確地說是四位）女友交往時，即使有時不免覺得「真麻煩」，也仍維持了二到五年的關係，留下快樂幸福的回憶。喜歡對方的溫柔心情至今依然沉睡在我心中，而且理所當然地，在交往時我也能感受到每一任女友都喜歡著我。因此，即使只是溫泉旅館般的悠閒程度，應該還是可以認定為戀愛吧。

但如果問我，有沒有像遠田說的那樣，靈敏地察覺到女友的不滿，而且每次都跟對方好好談談，尋求解決之道，我就沒有自信了。不論是多麼重視的對象，只要在一起的時間久了就會變成「日常」，憑藉著惰性相處，這應該是人之常情。我也開始懷疑，真的有人會在每次發生小摩擦的時候，都一一和對方談嗎？

「我不太懂這方面的事。遠田，還是你比較適合吧？你應該滿受歡迎的。」

這句話當然是出自我的自卑，以及自認沒有那麼受歡迎的悲哀，但遠田卻毫不謙遜，理所當然地說：「如果是問有沒有人想和我上床，那當然有很多，不過那並不能稱作『受歡迎』吧？」

我看到遠田的眼神有一瞬間顯得憂鬱，不禁有些驚慌。這種感覺就像原本以為在野外散步，卻不知不覺走進別人家的院子裡——雖然我並沒有不知不覺走進別人家院子裡的經驗。

遠田眼中很快又綻放明亮的光澤，表情也恢復平常那種一呼吸就會說出蠢話的樣子。

「總之，阿力，你來想內容吧。」他強硬地做出結論：「就當作是解救我免於受到肌腱炎之苦。」

先前的陰影似乎是違反遠田的意願而流露的，我感覺到遠田為此難得感到慌張，立刻想掩飾。也因此，我裝出什麼都沒發覺的開朗態度，回答說：

「想內容跟肌腱炎沒有關係吧？」

「的確沒關係。」

金子在窗邊伸了個大懶腰，無聲地接近遠田。牠的重量比較有可能導致肌腱炎才對，但遠田卻毫不猶豫地抱起牠，讓牠坐在膝上。金子充滿威嚴的臉從矮桌對面看著我。

「我差不多該著手進行下一個作品，沒有閒工夫為別人的情書花腦力。」

「你不是說展覽已經結束了嗎？」

「阿力，你大概不知道吧？」

遠田把手插入金子的雙腋底下，把牠抬起來讓我看到牠的腹部。金子面無表情地被往上拉伸。牠的身體相當長，讓牠坐下之後，又像巨大的大福般捲成圓形。這樣看滿像妖怪的。

「別看我這樣，我可是人氣很高的書法家。書法展是一年到頭都在舉辦的，有太多人邀我參加，讓我忙不過來。」

「知道了，我試試看吧。」

雖然裝出心不甘情不願的樣子，不過其實我從剛剛就決定答應了。畢竟吃了人家的牛肉，而且不小心碰觸到遠田不想被觸及的話題，讓我自覺理虧。

「謝謝！」

遠田抬起金子的兩隻前腳，讓牠比出萬歲的手勢。

「不過有件事我不太明白。你的意思是，那位委託者沒有明確地對她男友提過要分手嗎？」

「沒錯。」

「那麼就算突然寫信說要分手，應該也不會有太大的效果吧。她的男友以為兩人交往得很順利，突然收到那樣的信，不會問為什麼嗎？」

「沒錯。所以要請你想出就連『包容一切的男人』也會心寒的內容。」

「原來如此。也就是說……那個女人不想弄髒自己的手，希望男方主動離開。真符合現代人的作風。」

「是嗎？不管是現在或以前、男人或女人，多少都會抱著這種心情吧？不論是什麼樣的關係，要切斷的時候總是費力的。」

遠田摸著金子的頭。金子在遠田的腿上變換身體方向，想要把臉鑽進作務衣的懷裡。牠大概是想找找有沒有貓點心吧。

「送牛肉的女人試過很多方式，不過那女人看起來太正經了，所以就算努力裝出邋遢、任性的樣子，大概也不會嚴重到哪裡去吧。她是領悟到『要表現出更誇張的態度，光憑自己的演技是有極限的』，所以才來拜託我。」

我也是個既正經又中規中矩的人，所以想不出能夠讓對方心寒，覺得「跟這種人還是盡量低調地分手比較好」的誇張內容。這種事怎麼想都應該由毫不在乎造成他人困擾、我行我素的遠田來做比較適合吧？然而遠田此刻卻一副道貌岸然的神情，坐在矮書桌前拿著鋼筆。金子似乎沒有找到貓點心，再度像貓熊寶寶一樣拱著背，在遠田的雙腿間不滿地睡覺。

我回想起霜降牛肉和竹莢魚泥，此刻覺得那真是濃豔到宛若帶毒的組合。美食果然都是有陷阱的。

我嘆了一口氣，把一直拿在手中的美味棒（義大利香腸口味）放進托盤裡，努力思索要寫什麼樣的內容。話說回來，這次的資訊比遙人那次還要少。我甚至連委託者和她男友的名字、以及他們在哪裡認識、如何交往、交往幾年都不知道。

這時遠田看著從作務衣口袋裡拿出的筆記，開始在信封上寫下收件人姓名。這是和信紙成套的信封，偏薄的光滑白紙上印著櫻花花瓣的透光花紋。

「那個……十一月使用櫻花花紋，似乎搞錯季節了吧？」

「故意無視於季節，比較有瘋狂的感覺不是嗎？」

「原來是這樣的戰術……」

我閉上嘴巴，注視著遠田手邊的信封。收件人姓名是「岡崎拓真先生」，地址在杉並區。信封背面只寫了「森久保沙梨奈」的名字，大概是在表達不希望對方回信、請對方自然消失的無言要求吧。鋼筆的墨水是暗紅色。顏色雖然很美，不過看起來像乾掉的血跡，這個選擇大概也是戰術之一。遠田再度發揮驚人的附體能力，寫出沒有特殊個性、柔和工整的字跡。這些文字看起來就像是硬筆書法的範本。

「委託者是森久保小姐嗎？她的字真漂亮。」

「啊，這是隨便寫的。據說阿拓應該沒看過沙梨梨的字，所以我是憑沙梨梨的形象寫出『看起來很像是她會寫出的字跡』。平常兩人之間聯絡都是用 LINE，從來沒有寄過手寫信。」

果然很符合現代人的作風。不過仔細想想，我也從來沒有寫過正式的情書。「情書」在現代社會已經形同古文——不，應該說是古文物吧。沒想到我第一次花腦筋寫戀愛信，竟然是跟陌生人的分手有關。

「阿拓和沙梨梨是……」

「還用我說嗎？是你說怎麼稱呼對方很重要，我才特地問出來的。」

遠田擺出得意的表情，然後將寫完收件人姓名的信封與筆記挪開，把信紙拉到面前。「好了，開始吧。」

說真的，用這麼蠢的綽號互稱的情侶，我根本懶得管他們。阿拓搞不好已經察覺到沙梨梨想要分手，只是故意裝傻吧？真希望他們兩人在把別人捲進來之前能夠先好好談談。我雖然這麼想，但是壽喜燒已經開始消化，所以太遲了。現在只能假想自己是素昧平生的沙梨梨，向阿拓提出最後宣告。

我低下頭，讓視野中只容納白色信紙，然後調整呼吸。

阿拓：

突然收到這樣的信，我猜你一定很驚訝，不過我已經發現這個世界的巨大真相，心想這件事刻不容緩、一定要盡快讓大家知道，所以想要第一個告訴你。

你知道貓熊吧？就是黑白花紋、毛茸茸、很多人喜歡的那種動物。今年日本某動物園有雙胞胎貓熊誕生，更加炒熱話題，感覺大家好像都迷上了貓熊。

從這樣的寫法應該能看出來（而且我想你早就知道了），我對貓熊其實沒有太大興趣。遇到喜歡貓熊的人，我當然會附和著說：「好可愛唷。」不過內心卻想著：「也不過就是黑白花紋的大熊罷了。」

阿拓，你常說：「沙梨梨總是太在意周圍的人。」不是嗎？你也說：「在我面前，妳可以做真正的沙梨梨。」

「真的嗎？」遠田放下鋼筆，驚訝地抬起頭。「我沒聽那個送牛肉的女人說過這種話。」

我有些惱火。我一邊說出內容，遠田就流暢地以血色文字寫在信紙上，感覺就像自己的聲音直接化成字，而且這個聲音彷彿不是我的聲音，而是沙梨梨的聲音，使我感受到靈魂浮游般的快感，卻在中途被打斷了注意力。

「我只是想，包容一切的阿拓應該會說這種話吧。」

「真的嗎？這不是你對前女友說的話嗎？」遠田露出賊賊的笑容問。

「我才不會說這種話。在人際關係當中，我希望保持節制，所以每次聽到『讓我看見你原本的模樣』之類的歌詞，就會懷疑是真的嗎？除非看到對方像獨自在家時那樣放屁或挖鼻孔，自己心中的愛情仍絲毫不減，那我就不反對。」

「你應該跟阿拓交往的。就算你在他面前放屁，他一定也能包容。」

「就說了我是希望有節制的那一派，不論是交往對象還是家人，只要有其他人在，我就不會想讓對方看到自己原本的模樣，也沒必要給別人看。」

「噢，我跟老頭子都是用放屁來交談的。」

「我才不想知道你放屁的事。話說回來，你認為應該刪掉阿拓的話，改成別的說法嗎？」

「不用，我很好奇故事會怎麼發展，所以你繼續吧。」

「那麼……」

我稍稍咳了一下，繼續說下去。

你對我說那樣的話，讓我很高興，也感到很可靠，所以我才能毫不猶豫地把自己發現的真相告訴你。

這是上個月發生的事。某個週末下午，我心不在焉地看著電視上的娛樂新聞，剛好看到雙胞胎貓熊的特輯。據說是慶祝牠們順利長大到可以對外展示，所以介紹牠們從出生到現在的成長過程。當我看到那段影片的時候，忽然像被雷劈中一樣全身發抖。我突然得到天啟：貓熊是來自地球以外地方的生命體！

「阿力，你的腦袋沒問題吧？」

遠田插嘴，但我沒有理會他，繼續說：

因為貓熊寶寶的成長比我想像的還慢，牠們出生後一百天左右，動作還是很遲鈍，完全沒辦法跟一出生就能四處奔跑的野鹿相比。

還有貓熊媽媽也很誇張！雙胞胎平常是由動物園的保育員照顧，偶爾會讓牠們跟媽媽見面，可是一次只能一隻。我感到很奇怪，不知道為什麼要這樣安排，可是我看著電視就懂了。媽媽會叼住貓熊寶寶的尾巴把牠拎起來，讓寶寶頭部朝下，那樣子感覺尾巴要被扯斷了，腦袋也會充血。

貓熊媽媽看起來很笨拙，我猜牠大概連自己生的是雙胞胎都沒有發覺。雖然輪流讓寶寶去見媽媽，但是媽媽好像沒發現每次見到的是不一樣的貓熊。然後每次叼的時候，都讓寶寶的頭朝下……

「太快了太快了！我來不及寫，你先等一下。」

看那樣子，貓熊媽媽絕對沒辦法同時照顧雙胞胎。如果是動物園還好，但是在嚴苛的野生環境中，牠們要怎麼繁殖跟育兒，直到今天？我很疑惑。更何況節目裡還提到，貓熊的發情期一年只有兩天，即使抓住機會交配，似乎也很難懷孕。在中國遼闊的山野中生活的貓熊，到底是怎麼做到的？不可能那麼剛好遇到合適的對象吧？發情期一年只有兩天，再怎麼說也太短了。我當時就覺得很奇怪。」

「應該還有其他動物也是這樣吧？」

貓熊感覺很不適合活在地球上。當我這麼想的瞬間，我就發現真相了：貓熊並不是在地球誕生的。也因此，牠們在吃竹葉的時候，看起來並不是很好吃。牠們一定有其他更喜歡吃的東西（我認為那是凝結宇宙能源的棒狀暗物質），可是因為在地球無法取得，只好不情願地吃竹葉。這麼一來，一切都說得通了。貓熊之所以在叼起寶寶的時候上下顛倒，是因為在貓熊故鄉的星球沒有重力，所以不用在意方向。

我終於領悟到自己活在這世上的目的了。我的使命就是要把貓熊送回牠們誕生的星球。貓熊是因為某種原因（至於是哪一種原因，因為詳情被隱藏起來，所以還不清楚，不過我猜測應該和隕石有關）來到地球。牠們在地球這個不習慣的環境受苦，悲傷地思念著遙遠的故鄉。我們不能只是天真地說牠們「好可愛」。

不只是全世界的動物園，還包括中國政府、美國政府和日本政府，明明已經察覺到貓熊是外星生命，卻因為牠們太可愛而希望牠們留在地球，因而假裝不知情。我希望大家停止壓榨、利用貓熊的可愛！

我今後要投入保護貓熊、幫助牠們回到自己星球的活動。我必須和JAXA與NASA等機構周旋，可能會忙到無法和阿拓見面。不過我會忠於使命，從事正義的活動，所以不要緊，請不用為我擔心。可以的話，希望阿拓也能一起來保護貓熊。

沙梨梨上

「哪裡不要緊了？阿力，你不要緊嗎？你在接收什麼電波訊號？」

遠田寫完之後不禁大聲問。由於信紙空間不夠，他寫到最後一張時文字變得極小，甚至還寫到背面去。即便如此，字跡依舊工整，再加上暗紅色墨水的效果，更能撩起看信人的不安情緒。

「最近常常聽到這樣的案例：原本被認為個性正經、中規中矩的人，突然沉迷於怪異的陰謀論，變得完全不能溝通。所以我就想，或許會發生這種事吧。」

我總算完成了「貓熊為外星生命之假說」，鬆了一口氣，喝下早已變涼的玄米茶潤喉。沙梨梨雖然不像遙人那樣能夠讓我產生共鳴，不過當我設法融入這個角色後，依然感覺到大腦在高速運轉。說完一切後，腦袋就在舒適的疲勞中變得模糊。

「如果交往中的女友突然說出這種話，的確會感到很恐怖吧。」

遠田仔細地折好信紙，收進信封裡。或許是為了要給沙梨梨確認，信封沒有封起來就放到桌上。

「如果那個『包容一切的男人』再度包容一切，說出『我也要參加送貓熊回星球的活動』怎麼辦？」

「到時候就正式提出分手的要求吧。親近的人如果突然說出莫名其妙的主張，應該會擔心，並且告訴對方『這樣不太對喔』，試圖說服對方改變念頭。如果連這個貓熊假說都能泰然接受，那就像你所說的，阿拓是個非常漫不經心的人，甚至會讓我覺得他並不是真心為沙梨梨著想或愛她。」

「的確。雖說試探對方感覺不太厚道，不過接下來就由送牛肉的女人自行判斷吧。」

遠田把睡著的金子放到榻榻米上。他在代筆時無法活動身體，腳似乎已經發麻了。他把矮書桌挪到旁邊，伸直雙腳揉著小腿。

「不過你竟然會想到貓熊，到底是從哪裡跑出來的想法？」遠田露出笑容。「我邊寫邊感到頭痛，覺得阿力大概神遊到很遙遠的地方去了。」

硬要說的話，就是我從秋季天皇賞的經驗學習到，天啟通常沒什麼大不了，而且往往荒腔走板；另外就是金子發福的體態給了我靈感。不過我確實從以前就覺得貓熊是一種神奇的生物。

「上個月我在銀行窗口等叫號的時候……」

「怎麼了？你該不會又要說出奇怪的話吧？」

「別擔心，應該不會。」

「光是剛剛說的就已經很奇怪了。這年頭去銀行窗口做什麼？連股票都能上網買賣吧？」

「很不巧，我並沒有在投資。我的房租是自動匯款，不過配合房屋租約更新，每兩年會到期一次。這次我因為沒有要搬家，所以為了辦自動匯款續約，必須親自前往銀行窗口。」

「喂喂喂，這樣還是很奇怪。你還特地辦自動匯款？這樣會比每個月用ATM轉帳花更多手續費吧？」

「沒錯。不過因為我的工作是輪班制，所以對於星期幾或日期的概念容易變得模糊。如果是每個月用ATM轉帳，有可能會不小心忘了繳房租的日期。為了避免拖欠房租，沒辦法只好這麼做。」

「真搞不懂你這個人到底是認真還是馬虎。」

遠田終於停止揉腳，把玄米茶一飲而盡。

「總之，那家銀行的等候區設有螢幕，播放著所謂的療癒影片，裡面有貓熊寶寶成長的情景，內容就像我剛剛說的那樣。貓熊真的是很神奇的生物。像牠們那麼悠閒的生活方式，至今竟然沒有絕種，簡直就是奇蹟。對於悉心照顧並撫育貓熊的所有相關人士，我衷心感到欽佩。」

「你呀……真是個怪人。」

「是嗎？我只是在感嘆的同時體會到，貓熊這種有點笨拙而不擅生存的特質，正是牠們引起大家共鳴的地方吧。」

映在庭院的陽光轉變為秋季午後的淡色光芒，我看了一下手錶，發現已經一點半了。我不知不覺在這裡待了很久。不過從早上就喝酒、吃壽喜燒，還一起完成信件代筆的工作，感覺時間一晃眼就過去了。一開始被強硬地叫來這裡，感覺很不自在，此刻卻只留下彷彿和知心好友相逢後的感覺。

這應該是因為遠田有著不拘小節的氣質吧。不過這次來訪，我發現他其實很會觀察人，很懂得察言觀色。乍看之下，他似乎總是照自己的步調說話，為所欲為，卻會在適當時機把肉加進鍋裡，或是替我倒酒，沒有疏忽招待我的細節。

他究竟是什麼樣的人？我首度對他這個人產生興趣。過去我只把他當作工作往來的對象，進行公務上的聯絡，並且不情願地協助他代筆；現在我開始好奇，他為什麼會找我來想內容？不過我猜，他大概會說「因為你剛好在這裡」，所以沒有真的開口問他。

我拿起放在托盤中的義大利香腸口味美味棒，對他說：

「我差不多該走了，回去之前要不要先幫忙洗餐具呢？」

「不用了。壽喜燒的好處就是只要洗鍋子，其他用到的餐具很少。」

「這一餐吃得很豐盛，謝謝你的招待。」

「你才幫了我大忙。我會把邀請函的信封寄到飯店，你放心吧。」

我從疊起來的長桌上拿起外套，遠田此時也緩緩站起來，對我說：「如果又有代筆委託，我會通知你。」

「不用了。」

我雖然這麼回答，卻有預感我會不得不幫他。一起代筆寫信時，用比喻來說的話，我就像是電腦，遠田是印表機，兩者以無線方式連結，充分發揮性能，合力投入同一項工作，產生心連心般的奇妙感覺。或許也因為如此，我不知不覺開始對他放下戒心。

抱著金子的遠田跟上次一樣，特地走到玄關替我送行。

在等我穿鞋子的時候，遠田無聊地摸著金子的背，忽然好像想到什麼，問我：

「對了，阿力，你有沒有看過貓熊的實體？」

「貓熊的實體」這種說法很奇怪，不過大概是要問我有沒有看過真正的貓熊吧。

我回答：「只看過一次，大概是在小學五年級的時候。當時為了參加親戚的結婚典禮，全家一起來東京，順便去上野動物園看貓熊。」

「怎麼樣？你覺得看起來像地球以外地方的生命體嗎？」

「貓熊把屁股對著我們在睡覺。」
「可見牠非常放鬆，應該很適應地球上的生活吧。」
「是的，牠應該是在地球誕生的。」
我們相互對看一眼，笑了一下。
「遠田，你沒看過貓熊嗎？」
「沒有，我搞不好連動物園都沒去過。」
遠田說得若無其事的樣子，我盡量不露出驚訝的表情。
假設他從小住在日本，有可能從來沒有去過動物園嗎？就算是父母親太忙碌，沒時間帶他去動物園，但是學校遠足呢？即使不是上野動物園那麼大的規模，很多地區也都有自己的小型動物園吧？和朋友或交往對象去玩的時候，動物園應該也是熱門選項，他竟然連一次都沒有去過。
下次我們一起去吧，也可以邀遙人一起去——我原本想這麼說，但顧及兩人之間並沒有那麼親近，加上擔心又碰觸到他不想被觸及的地方，最後我只是笨拙地說了聲「那麼我告辭了」做為告別。

遠田似乎沒有察覺到我一瞬間的驚訝與猶豫，開朗地說：

「下次再來吧！」

金子在遠田的手臂中，以一雙水晶般清透的眼睛看著我。

放在夾克口袋裡的美味棒發出枯葉般的沙沙聲。我在穿過暗溝小徑前往下高井戶站的途中，不斷思索著關於遠田的事。

我不清楚他是什麼樣的人，但總覺得他有點寂寞。在某些瞬間，我感覺遠田似乎在與我們隔絕的地方。這一點無關於他獨居、書法教室似乎生意很好、他似乎很受學生仰慕、或是他本人看起來既輕佻又豪邁等表象。

是隱約飄散著墨香的那棟靜謐古老的房屋，讓我產生這樣的感覺嗎？我們雖然談過話、吃過飯、還一起代筆寫信，但是面對遠田時，有時我會覺得他或許是完全無法以我的常識、感覺與言語來溝通的存在。也許遠田更像是從遙遠星球來的生命體，拚命地擬態為地球人的模樣，試圖順應我們腦中的「日常」生活吧。

這是愚蠢的幻想。但如果他必須隱藏自己和周遭人決定性的差異，才能扮演「普通」人的模樣，那會是多麼痛苦而寂寞的事？

當然不只是遠田，每個人都有和別人不同的地方。即便如此，大家還是努力配合周圍的環境，或是無法完全配合而變成邊緣人，繼續生活。我小時候在動物園看到貓熊把屁股對著我們的同時，牠一定也在想念故鄉的山野吧。

這時稍微起風了，即使穿著夾克仍感覺有點冷。

三

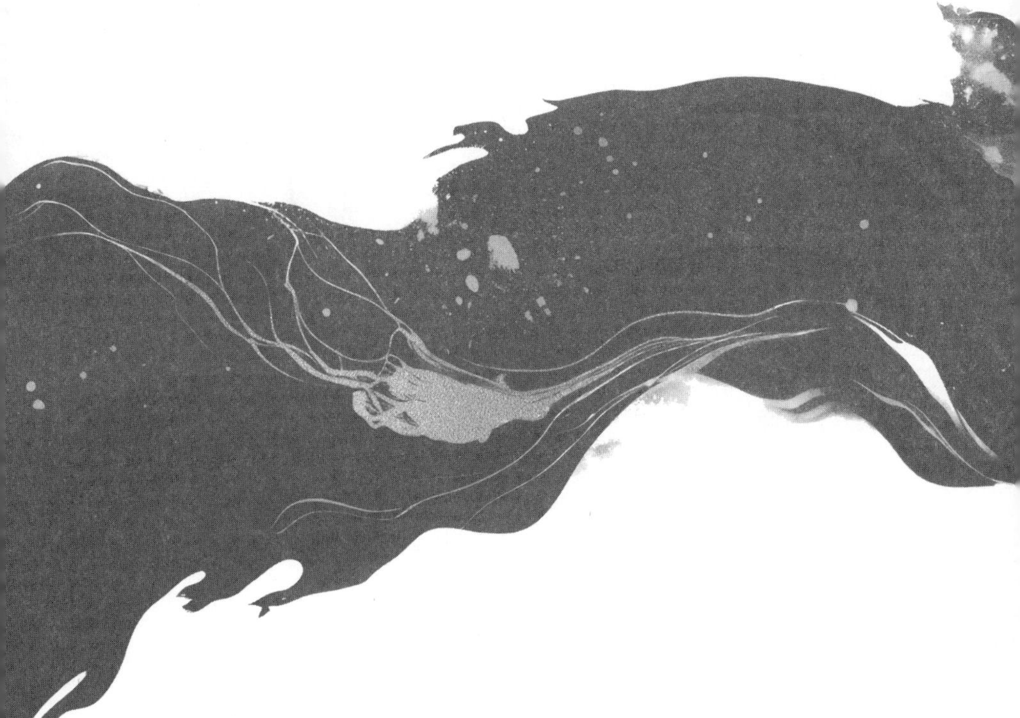

年底年初跟往年一樣，工作相當忙碌，因此我當然沒有時間去有馬紀念[20]，連除夕到元旦都要值夜班。

小孩還小的員工通常會盡量排日班，即使要值夜班，為了讓他們在聖誕節、新年等假期能和家人共度，同事之間會盡可能協調配合。於是像我這樣的單身漢，自然會被排較多夜班，不過我個人卻很慶幸。因為一來可以拿到更多津貼，而且在旺季以外，遇到臨時需要別人代班的時候，也會有人自告奮勇說：「你上次也值了夜班，所以我來代班吧。」

更何況我很喜歡夜晚的三日月飯店。雖然會有客房服務的點餐，或是偶爾遇上有客人身體不適等狀況，不能掉以輕心，但是每當感受到整間飯店籠罩在靜謐中、熟睡的氣息宛若漣漪般從客房散出，我就會沉浸在莫名的幸福感中。我會覺得自己是守護客人睡眠的警衛，精神格外專注。

我和值夜班的同事分頭巡視館內，確認沒有異狀，同時確保櫃台的燈是亮的。我們會檢查火源和公共空間的門窗鎖，中途從大廳眺望新宿中央公園黑暗的森林，以及即使是夜晚仍有部分窗戶沒有熄燈的摩天大樓群。有時我會在辦公室處理文書工作，有時和前來檢查設備的業者閒聊。雖然是客人熟睡的時間，三日月飯店仍理所當然地運作著。

一月一日的早晨，我檢查過自己的儀容後，將主廚精心製作的「Crescent餐廳特製年菜」分送到各間客房。這份年菜只提供給事先預約的住宿客人，裝在小重箱裡，份量剛好可以吃完，內容是色彩繽紛、融合日式與西式的開胃菜式樣料理。另外附上全和風的柴魚湯頭年糕湯，以及倒在笛型香檳杯裡、代替屠蘇酒的日本酒或新鮮果汁。能夠在客房悠閒享受新年氣氛，讓這項服務相當受歡迎，許多熟客每年都為此到三日月飯店住宿跨年。

當然也有客人會到Crescent餐廳來吃一般的早餐。我前往餐廳探視情況，看到每一張餐桌上都擺了小小的玻璃花瓶，瓶中插著結了紅果實的南天竹，妝點出新年氣氛。三日月飯店的主廚不僅專注於廚房工作，也關注整間餐廳

20　有馬紀念是十二月下旬舉辦的G1賽事。

的細節，在安排上沒有任何疏忽之處。我和從早上開始值班的餐廳服務生默默地互相點頭。

有些客人會在飯店度過新年的頭三天，也有些客人會在元旦離開。年底年初有許多非常態的工作，卻往往召集不到足夠的員工人數，因此我還必須處理中午的退房，送走客人之後才能下班。

回家前，我先到辦公室一趟，看到桌上擺了一疊飯店收到的賀年卡，是熟客和生意往來對象寄來的。我打開電腦的賀年卡清單，檢查有沒有飯店漏寄賀年卡的對象。水無瀨夫人去年就寄了服喪中的明信片給我們，親筆寫上「明年也打算和女兒一家人照例在那一天造訪」，這句話讓我們這些員工感到高興，受到激勵，經理特地回了信。

我將賀年卡分類後，發現必須補製作十三份賀年卡，於是立即在清單中補上資料，把姓名和地址印在飯店製作的賀年卡上。

今年的賀年卡是用淡色水彩畫的三日月飯店全景。飯店上方的天空印有問候語及「謹賀新年」四個字，這個「謹賀新年」是請遠田寫的。我們會委託合作的繕寫師每年輪流寫這幾個字。遠田正在服喪中，卻委託他這樣的工作，感覺有些過意不去，不過我打電話給他時，他出乎意料地輕鬆回應：「好啊，沒問題。」接下了這份工作。

順帶一提，繕寫師不愧是文字的專家，連賀年卡都不馬虎。有不少繕寫師每年都會寄賀年卡來，有的筆跡華麗，有的充滿氣勢，這些字光是看就覺得愉快。我原本好奇遠田平常都寄什麼樣的賀年卡，但是他連服喪中的明信片都沒寄來，大概是一向懶得互寄賀年卡吧。

遠田的「謹賀新年」宛若年輕的龍遨翔在新春的天空，微微翻騰的線條顯得很輕盈。

事實上，在吃過壽喜燒之後，我去年又造訪了兩次遠田書法教室。一次是為了請他寫「謹賀新年」。遠田在我的注視下，在半紙上寫了幾種樣式。每當他寫出一組字，我都會感覺到飛舞的墨光展現出慶祝新年的龍騰姿態，忍不住發出讚嘆聲。即使是外行人如我也看得出來，遠田不僅是優秀的書法教室老師與繕寫師，身為書法家的技藝更是非常傑出。不過，遠田自己卻說：

「只要寫這種藝術字之類的東西，老頭子就會說：『又在做這種輕浮的事。應該要忠於基礎，虛心坦蕩。』」他用筆尾搔搔太陽穴，接著說：「不過反正是新年，應該可以破例吧，就讓老頭子在陰間發脾氣好了。」

我等墨水乾了後，把這幾張半紙放入資料夾裡帶回去，貼在辦公室的牆上，由包含經理在內的所有員工投票決定，要將哪一張「謹賀新年」印在賀年卡上。大家雖然苦惱著「每一張都難分軒輊」，仍愉快地進行投票。能夠為大家提供小小的娛樂，也算一件好事。

另一次造訪，是在最近的十二月三十日。在年底的工作量達到忙碌顛峰的時期，根本就不是去遠田書法教室的時候，可是遠田卻對我說：「我們要舉辦歲末聯歡會，你一起來吧。」於是我又在值完日班的下午乖乖地去了。我感覺自己好像逐漸被遠田拉攏，覺得有點窩囊。

擺放在三日月飯店大廳的特大陶器花瓶裡，從聖誕節次日就插了具有新年氣息的花卉。這是由長年與飯店合作的花藝家插的花，使用松枝和紅白色山茶花等做搭配，相當豪華。到了三十日，這位花藝家再度來到飯店，檢查花瓶裡的狀況，並監督入口和柱子上的正月裝飾。在花藝家的指示下，我們這些員工扛著巨大的門松調整位置，並在柱子上搭起梯子，掛上以花卉與酸橙裝飾的花紙繩。因為預算的關係，小型飯店很難請業者或重機進行大規模布置，必須在避免造成客人困擾的情況下由員工來做，所以很辛苦。

花藝家事先替我們備齊了裝飾物件，因此能按照計畫完成，然後我便揉著痠痛的腰前往遠田書法教室。

遠田所說的歲末聯歡會似乎是點心大會。一樓六個榻榻米房間與八個榻榻米房間之間的襖門完全敞開，長桌也被疊起來挪到旁邊。空出來的空間裡，聚集了十五名左右的中小學生，邊喝果汁邊吃小零嘴，熱鬧地聊天。金子不知避難到哪裡去了，完全不見蹤影。

遙人也在場，當我在遠田迎接下踏入房間，他立刻看到我。

「續先生！」他跑過來對我說：「夏天的時候，謝謝你幫我寫信。」

「我才要謝謝你的美味棒，我吃了義大利香腸口味。」

「今天也有美味棒。」

我望向遙人指的方向，這時遠田正好一屁股坐上榻榻米，背對著床之間。他面前鋪了很大一塊絨布，上面擺滿了美味棒、加味魷魚、裝在塑膠容器裡的汽水等各式各樣的零食。這些零食的外包裝都用膠帶黏上了細繩。這些細繩像爬梯子抽籤遊戲般複雜地彎曲交錯，往前延伸。看來應該是要挑選其中一條繩子的尾端，然後沿著繩子尋找自己選到的零食是什麼。這樣的設計令人聯想到廟會攤位，而看守絨布上的零食的遠田，因為穿著作務衣的關係，看起來就像是在廟會擺攤的小販。

「每個人可以抽三次。」

遙人從褲子口袋裡拿出小小的紙條，大小差不多像立食蕎麥麵店的餐券，上面以灑脫的字體寫著「點心券」。這大概是遠田手工製作的。遙人似乎已經領了一次點心，手中剩下兩張點心券，然而他卻慷慨地把其中一張遞給我，說：

「續先生，你要不要試試看？」

「不用了，遙人，你自己吃吧。」

我推辭了好幾次，遙人才把「點心券」收回自己的口袋。真是個體貼的孩子。我感動地望著遙人，和夏天見到他時比起來，他似乎稍微長高了。

「我一直掛念著，你後來有沒有跟土谷聯絡？」我問他。

「有的。不過土谷讀了那封信，立刻問我：『這是請誰幫你寫的？』」遙人笑著告訴我：「我們每個月會通一次信，討論石頭的資訊。」

果然還是露出馬腳了。

「真抱歉沒幫上你的忙。這樣也能勉強算是好結果嗎？」

「當然了。」遙人以認真的表情點頭。「土谷還說他要重讀《銀河鐵道之夜》。幸虧我有請續先生跟少主幫忙，如果光靠我自己，一定永遠沒辦法寫出信來。」

聽他這麼說，我鬆了一口氣。在此同時，心裡也湧起莫名的進取心，想著下次要編出品質更高的內容，實在是很不可思議。我告訴自己：我是飯店員工，不是代筆師。

遙人的朋友呼喚他，他回到小學生的圈子，我則到遠田身旁坐下。

「『謹賀新年』很受員工好評，謝謝你。」

「是嗎？那就好。」

「這裡每年都會舉辦像這樣的歲末聯歡會嗎？」

「以前是由老頭子主辦喝紅茶吃餅乾的聚會。老頭子死掉之後，我原本打算停辦，不過那些小鬼似乎都很期待，而且我也想吃美味棒。」

原來如此。所以他才特地製作「點心券」，設計成抽籤形式的零食派對。説來説去，他果然是個會為學生著想的好老師。

一名小學中年級左右的男生走近絨布，把「點心券」遞給遠田。

「歡迎光臨。你可以抽一次。」

男生以緊張的神情拉了細繩，然後仰天長嘆：

「唉，又抽到魷魚乾。我這次本來想要抽優古魯[21]的。」

「魷魚乾也很好吃吧，別抱怨，乖乖吃吧。」

「好吃是好吃，可是少主，你真的有幫優古魯綁繩子嗎？該不會因為太小就懶得綁，只是放在那裡吧？」

「喂，你少在那裡妨礙我做生意！」

遠田宛若傳說中的昭和時代廟會小販（雖然我沒有實際看過）般威嚇，然後從絨布上拿起小小的壺狀容器說：「你說的優古魯……就是這個吧？」

他把那個容器遞給男孩說：

「算是附贈的，送給你。」

優古魯上面果然沒有綁上細繩，因此男孩跟我異口同聲地指摘：

「沒有綁繩子！」

「偶爾也會發生這種事，不要太計較。」遠田若無其事地擺爛。「阿力，你也可以挑一個自己喜歡的零食。」

我接受他的好意，挑了義大利香腸口味的美味棒，邊吃著鬆鬆軟軟的美

21 優古魯（ヨーグル）是裝在小型塑膠容器中的優格風味零嘴。

味棒，邊看著小孩子們在室內到處跑，或玩起撲克牌。據說在遠田書法教室，不允許從書包裡拿出遊戲機。

「這是老頭子訂的老舊規矩。」遠田說：「不過這樣也好，畢竟這裡是認真面對書法的地方，只是今天面對的是零食。」

遠田也吃了義大利香腸口味的美味棒，然後把變空的袋子折起來打結。院子裡的櫻花樹葉已掉光，樹籬中零零落落地綻放淺紅色的茶梅，在灰濛濛的冬季天空下顯得格外醒目。

「沙梨梨後來有沒有聯絡？」

「噢對，她三天前打電話給我。」遠田一副剛剛想起來的樣子，輕輕拍了一下膝蓋。「我把代筆的信寄給她後，她完全沒有回音，所以我原本以為她大概是跟貓熊一起回去牠的星球了，沒想到她竟然跟阿拓談婚論嫁了。」

「什麼?!」

面對如此急轉直下的發展，我不禁驚愕。「這一個半月當中，到底發生了什麼事？」

「阿拓即使讀了那封信，還是若無其事地到沙梨梨的房間，說了『原來妳是為了貓熊』之類的話。於是原本想要自然消失的沙梨梨再也忍耐不住，質問他：『什麼貓熊！你看到那種蠢話，難道沒有任何想法嗎？』」

編出那種蠢話的我聽到這裡，不禁感到無地自容。總之，沙梨梨對阿拓爆發不滿的情緒，而阿拓繼續包容她的不滿，對她說：「我知道了。今後我會認真詢問妳的心情，好好跟妳對話。」於是兩人的感情變得更親密，已經討論到大概要在夏天結婚。這可以說是阿拓包容力的勝利。

「到底是怎麼回事？」我喃喃地說：「因為職業的關係，我自認已經習慣面對各種不合理的要求，可是這次我真的有點火大，感覺自己白白被捲進去了。」

遠田安撫我說：「別生氣。不論是實際說出的話還是代筆的信，都不知道會得到什麼樣的結果。沙梨梨現在雖然和好了，不過在夏天之前，搞不好又會累積對阿拓的怨恨。」

「我並不是希望兩人分手。如果他們能夠順利和好，那當然最好。」

「是嗎？你最好先想好下一個外星生命。」

遠田揚起嘴角笑了。看得出遠田也覺得沙梨和阿拓「真是難以理解」，不過我希望他不要預設我會繼續幫忙代筆。

遠田最後讓每個孩子選了兩份零食當禮物，結束了聯歡會。我們兩人到二樓的工作室以剩下的零食為下酒菜，慢慢地啜飲日本酒。我雖然想到又在白天就喝酒了，不過即使沒有太多對話，依然沒有尷尬的氣氛。我和遠田感覺更像一對老友了。會不會是因為這間散發老家氣息的屋子的魔力呢？我朝著抽屜櫃上方的已故遠田夫妻照片，不知道是第幾次敬酒時，腦中茫然地想著這樣的問題。不過我大概有點喝醉了，我在釧路的老家可是公寓才對。

遠田書法教室在新年時會連續三天舉辦新年揮毫會。不同於歲末聯歡會，包括高中生以上的成人班學生也會在有空的日子參加，寫下新年目標、漢詩或和歌等各自想寫的文字。

「阿力，你也來試試看吧。」

遠田邀我參加，我雖然有興趣，還是婉拒了。我預定要在一月中旬返鄉，在那之前必須密集值班才行。

「這樣啊，那就等後年再來參加新年揮毫吧。」

遠田很乾脆地放棄了。明明只是工作上的關係，卻做出那麼久以後的約定，讓我在感到絕望的同時又有些期待，是一種難以形容的心情。簡單說，就是進也不是退也不是。

我還是很想問遠田，為什麼要找我到他家，或是邀我參加新年揮毫會。我完全不知道遠田的交友情況，不過看他在書法教室跟學生互動的樣子，應該是跟任何人都能親近的個性，而且大概沒有多少人會排斥他。雖然說我可以替他想代筆的內容，但我終究是外行人，應該有比我更適合的人選才對，我不明白他頻繁找我的理由。

如果是因為我「容易攀談」的體質或特技發揮作用，那麼或許在教室以外的地方，遠田是一反華麗的外表和開朗的氣質，很少與人來往。康春老師過世之後，只有金子陪伴他在這棟屋子裡靜悄悄地生活，因此他才會為了轉換心情，找容易攀談的我到他家來。

如果真是這樣，那麼我很高興自己的體質能派上用場。

我處於放棄探究的心情，繼續跟遠田喝酒，然後在傍晚踏上歸途。金子直到最後都沒有出現。

「今天特別吵，所以牠大概在生悶氣，躲到浴室去了吧。」遠田在玄關笑著說：「再見，下次再來吧。」

「祝你新年快樂。」

我忽然想到，身為養子的遠田真正的故鄉不知道是哪裡，不過這個問題我還是問不出口。

這樣度過年底之後，總算來到元旦。我值完班，把補印的賀年卡投入郵箱，回到位在曙橋的公寓。其他房客似乎都返鄉了，或是趁新年假期補眠，午後的公寓裡悄然無聲。

我家當然沒有新年裝飾。我把暖氣開到「強」，在等待房間變溫暖的同時燒開水，把熱水倒入速食烏龍麵裡，再把預先買的麻糬片放在小盤子上，放進微波爐裡加熱，讓它變軟之後加入烏龍麵裡。這樣子，可以稍微增加一些新年氣氛。

我結束簡單的一餐，洗過澡後，翻看著從信箱拿來的賀年卡。有幾封是在釧路念高中時的朋友寄來的，另有幾封是在札幌念專門學校的朋友寄來的。轉職到其他飯店的前同事也寄來一封，然後是原岡的賀年卡。這些都是固定每年會互寄賀年卡的對象，讓我意識到在替遠田擔心他的交友狀況前，我應該先想想自己的朋友為什麼這麼少。

話說回來，我從學生時代起，人際關係就屬於狹窄而深入型的。在職場上，為了避免影響工作，我自認與人相處還算融洽；不過在工作以外的場合，我會覺得只要和真正意氣相投的人來往就好。像遠田這樣明明只見過幾次面，卻在不知不覺中彷彿被捲入般拉近了距離，對我來說是例外。

釧路的朋友寄給我的賀年卡上寫著：「你過年會回來吧？確定日期之後通知我。」原岡的賀年卡上寫了「有馬大敗」這幾個充滿悲哀的字，賀年卡上卻印著他和妻子及三個孫子笑咪咪的合照，形成很大的落差。

原岡的遭遇當然只能用遺憾來形容，但我卻為了其他原因，獨自一人露出笑容。不論字寫得好不好看，都彷彿能從親筆寫的字中聽到對方的聲音。我以前從來沒有想過這件事，或許是因為實際看過遠田寫出變化多端的筆跡，讓我對於不同筆跡的「聲音」有了更精準的感受吧。

不過，我雖然能夠聽到遠田模仿的各種筆跡的聲音，卻似乎從來沒有聽過遠田自己的聲音。直到現在，我依然不知道遠田原本的書寫風格是什麼樣子。

我在LINE的朋友群組傳了新年祝福與返鄉日期，LINE陸續出現一則又一則回訊。幾次對話往返後，大家達成了共識，決定在當地的居酒屋訂位。原岡沒有用LINE，我不想在元旦打電話去打擾他，因此在內心默記，要從釧路寄魚給他，安慰他在有馬受到傷害的心靈。

我開著暖氣，鑽進永遠鋪在地上的被褥，在大白天開始睡覺。雖然是獨自一人過新年，但光是新的一年來臨，就讓我奇妙地感覺到神清氣爽。我打算在傍晚時分醒來，前往神社做新年參拜後，再到附近的牛丼店吃飯。

我請飯店幫我調整排班，利用剩餘的有薪假，照預定計畫在一月中旬的星期四到星期日回釧路老家。

抵達睽違三年的釧路機場，一走到外面，我就冷到縮起身體，幾乎以為耳朵要凍裂了。不過當我坐進嫂嫂開來接我的車裡，就一路上都很舒適了。我這才想起北海道的住宅、商店與公共設施都有完善的暖氣，不禁感慨曙橋的公寓反而比北海道冷。

釧路的雪原本就相對比較少，而根據嫂嫂的說法，今年冬天的降雪量更少。在前往雙親住處的途中，的確只看到田裡覆蓋薄薄一層雪，路上則沒有積雪。

嫂嫂正在放育兒假。她來接我前，先將去年春天誕生的春海交給我父母照顧，四歲的夏生則在幼兒園。

我在車上聽嫂嫂說起，驚訝地問：

「什麼？育兒假期間有可能沒辦法讓比較早出生的孩子上幼兒園嗎？」

「是啊。我們是剛好幸運，幼兒園的小孩沒有到達收留上限，所以才能讓夏生繼續去上。聽說有很多人必須在育兒假期間先讓小孩退園，等到育兒假結束之後，才能和弟弟妹妹一起去找新的幼兒園。」

我原本以為育兒假的存在是因為照顧嬰兒很辛苦，但如果還要照顧正值怪獸般年齡的小哥哥小姐姐，不是會造成更大的混亂嗎？真是奇怪的制度。話說回來，如果是自營業等非上班族的人，根本沒有育兒假，必須整天照顧嬰兒跟較大的孩子，甚至得抱著嬰兒去幼兒園接送孩子，怪不得會出現少子化現象。

三日月飯店或許是為了老招牌的顏面，主張「為了以笑容面對顧客，首先要讓員工有笑容」，因此相當注重員工福利。最近連男性員工也會休育兒假。或許是因為在面對嬰兒時也能發揮飯店工作養成的服務精神，他們回到職場時都帶著很有成就感的神情，會說：「我發現自己滿適合照顧小孩的。」即便如此，尋找托兒所等育兒工作應該是很辛苦的，我現在才想到這一點，對於請產假或育兒假的同事，以及特地來接我的嫂嫂，都感到敬佩不已。

父母和春海在釧路站附近的大廈等我們，他們都老了一些，不過看起來很健康，春海則胖嘟嘟的很可愛。她剛出生的時候，哥哥嫂嫂曾用 LINE 傳照片給我，轉眼間她已經九個月大了。她的胃口相當好，據說可以用剛長出來的牙齒和牙齦把離乳食品吃光光。

「她長好大了。」

我戰戰兢兢地抱起春海，她發出高興的笑聲。唔……比金子重多了。

嫂嫂嘆息說：「你也覺得很大吧？會不會太胖了？再這樣下去恐怕要被相撲協會挖角了，明明是女孩子。」

我說：「有什麼關係，女孩子也可以成為相撲力士啊。」

「是啊。春海的話，升上幕內[22]應該沒問題。」

「那現在就得開始存錢準備製作刺繡腰布了。」

父母紛紛同意。

22 幕內是日本大相撲力士排名最高的層級，包含橫綱、大關、關脇、小結、前頭五個級別。

「對喔，說的也是。」

嫂嫂露出笑容，親暱地撫摸春海的臉頰。不只是寵孩子的爸媽會變成傻爸傻媽，現在整個家族都變成了傻瓜。不過管他的，沒有人能夠抵擋嬰兒的可愛威力。

嫂嫂去托兒所接夏生，下班回來的哥哥也來到父母家，大家一起吃晚餐。主菜是大量生魚片和母親炸的番薯可樂餅。番薯可樂餅是我最愛的料理。

我問：「妳還記得啊？」

母親挺起胸膛說：「那當然。」

這時夏生也大口吃著番薯可樂餅宣示：

「我也喜歡奶奶做的可樂餅！」

於是我才搞懂，這道料理表現的不是母愛而是祖母愛，不過我還是很感謝地享用了好久沒吃到的美食。

夏生一開始有些怕生，不肯接近我。我只有在他還是嬰兒的時候見過他，現在突然跑出來說「我是你叔叔」，他當然會警戒吧。不過吃完晚餐時，他已經完全跟我混熟了，還拿他喜歡的兒童版動物圖鑑給我看，指著照片跟我說：「獅子！一次可以吃四公斤的肉，可是也有不吃的日子。」「雪豹！一天會移動十公里。」據說是哥哥和嫂嫂應他的要求一再反覆唸說明文字後，他完全記下來了。

他專注看著圖鑑的側臉和哥哥小時候一模一樣。我說出這樣的感想，哥哥和嫂嫂笑著說：

「在我們家反而常常說，夏生跟你很像。」

「他也很喜歡讀繪本。所以我們都說，他以後大概會跟你一樣喜歡讀書。」

我沒有想到哥哥嫂嫂會像這樣談起我，不禁覺得有點不好意思。

這時春海似乎是想睡了，開始鬧脾氣，因此哥哥嫂嫂準備要回去了，我連忙把伴手禮交給他們。話說回來，東京名產好像很多，其實很少，因此每次要選伴手禮都很困難。北海道的話，不只是釧路，到處都是美味的東西。結果我這次還是送父母親跟哥哥一家三日月費南雪，另外還有沒有網購服務的銀座chocolaterie的assort禮盒——感覺好像要咬到舌頭了。事實上我當初在腦中想到的是：「對了，那家巧克力店好像不錯。」實際到店裡時說的是：「請給我兩盒綜合口味巧克力。」

給夏生的則是遲來的壓歲錢，裝在專用的小紙袋裡。

「謝謝。」他很有禮貌地說完，不聽嫂嫂制止就當場打開，然後開心地喊：「有好多！」雖然只是五枚百圓硬幣……我想起自己小時候，收到很多硬幣會比收到紙鈔更高興，因此特地選了亮晶晶的百圓硬幣，不過還是覺得有些抱歉。

「那個……這裡面也是一樣的內容。」

我很不好意思地把春海的壓歲錢交給嫂嫂。

嫂嫂顯得過意不去地說：「真抱歉，讓你費心了。」

哥哥也說：「春海出生的時候，你就包過紅包了。回到這裡也要花不少旅費，就算什麼也不帶也沒關係。」

「嗯……反正新年很喜氣呀。」

我感到害羞，咕噥著不成理由的回答。

哥哥一家人坐進嫂嫂駕駛的車，回到走路只要五分鐘的大廈住處。

父親和我一起洗晚餐的碗盤，母親則開始準備晚酌所需。嫂嫂還在哺乳期間，哥哥必須照顧小孩，因此剛剛晚餐時沒有喝酒，不過我們所有人都愛喝酒。

父母和我三人一起喝著熱水稀釋的紫蘇燒酒，有一搭沒一搭地聊著沒見面的這段期間發生的事。雖然是聊天，不過我「容易攀談」的體質似乎也會對雙親發揮作用，因此我主要是聽。話題內容包括親戚的婚喪喜慶，也談到明年父親退休之後，要不要賣掉這間大廈，換一間比較小的房屋。

我說：「雖然要退休了，不過爸爸才六十五吧？沒有考慮二度就業嗎？」

「有認識的人找我去他們公司，所以我打算到那家公司再工作五年。薪水當然會少很多，不過每星期只要上四天班。」

「那就沒必要急著賣掉房子吧？這裡地點很好，如果通勤沒問題，就等完全不工作之後再考慮吧？」

「沒錯，我也是這麼想。」母親湊向餐桌說：「除非找到條件特別好的房子，那就另當別論，不然沒必要趕著賣掉房子搬家。」

在我們家裡，母親的發言最受重視，加上我的意見跟母親相同，因此父親便從原本的想法大幅退讓，決定「先不要賣掉房子，但還是持續留意不動產資訊」這樣的折衷方案。

「阿力，你過得怎麼樣？」父親問我：「你幾乎沒有好好休息吧？」

母親也擔心地說：「就像哥哥他們說的，你不用特地買伴手禮回來。東京的房租很貴吧？」

「我今年就三十六歲，不是小孩了，你們不用那麼擔心。」

「你是我們的小孩吧？」

「明明就是小孩。」

父母親相互對看著說。的確是這樣沒錯，可是我不是那個意思。

我已經到了被稱作「大叔」也不能否認的年紀，但是在雙親心目中，我或許仍停留在離開家的十八歲左右，甚至搞不好是五歲左右。當我第一個洗完澡，打開直到高中畢業都睡在這裡的房門時，就再次體會到這一點——房間裡開了暖爐，鋪好的棉被也已經烘得暖呼呼的。實在是太寵小孩了。

房間裡多了幾個我沒看過的健康器材和網購紙箱，除此之外，我以前使用的桌子和書架都維持原狀，似乎也經常打掃。我剛剛瞄了一下隔壁哥哥的房間，發現那裡已經開始變成置物間，不過還是看到一些懷念的東西，像是貼在牆上的鄧加海報，或是學校旅行時買的木刀等。哥哥現在的個性雖然很溫和，但以前是個活潑的足球少年，而且有點特立獨行，跟我很不一樣。

這間房子是適合家庭居住的格局，因此我多少可以理解雙親在只剩兩人後，會覺得空間有些多餘。雙親從來沒有問過我「什麼時候要結婚」之類的問題，我一直在東京做著喜歡的工作，過著自由自在的生活，不過今後或許無法繼續這樣下去了。

沒想到我會開始擔心父母親老後的問題。話說回來，也許我也應該考慮自己老後的問題吧？我邊想著邊關掉暖爐，鑽入被窩，專注地重讀剛剛從書架上選的《主教殺人事件》，最後沒關上房裡的燈就不知不覺睡著了。

次日是星期五，我陪母親到超市買東西，晚上則和高中時期的三個朋友到居酒屋愉快地吃吃喝喝。除了我以外，其他人都結婚生小孩了，不過聊起天來還是會回到十幾歲時的心情。一開始說「今天開車來沒辦法喝酒」而點了烏龍茶的他們，卻因為聊得太熱絡而忍不住喝起酒，直到深夜才解散，各自搭乘計程車或請人代駕回家。

星期六，嫂嫂開車來載我和雙親，前往郊外的天然掛流溫泉。到了傍晚，和小孩子看家的哥哥也背著裝滿食材的環保袋，來到雙親住的大廈。他用背帶把春海纏在胸前，牽著活蹦亂跳的夏生的手，因此即使是冬天仍滿身大汗。當哥哥癱在沙發上時，其他人分工合作進行烤肉的準備，然後把抽風機開到最大，大家一起吃烤肉。就連春海都大膽地伸手想要拿羊肉，只好讓她撤退到沙發，由大人輪流去安撫她。即便如此，春海仍不屈不撓地喊著：「噠、嘛！」從沙發上吵著要吃羊肉。

星期日，我和雙親去散步，順道前往釧路站附近的海鮮市場。到了這一天，可以談的話題差不多都枯竭了，因此在吃爐端燒的帆立貝、牡蠣和花魚當早午餐時，就只是頻頻地說「真好吃」、「嗯，好好吃」。付帳的時候，我費了一番工夫才讓母親收起錢包。飯後到市場閒逛時，看到肥美的鰈魚、鯖魚和柳葉魚組合，我便請店家寄給原岡。

我在站前坐上前往機場的巴士。上車前，父母親對我說：

「你要保重身體。」

「嗯。幫我向哥哥他們問好，下次大家一起來東京玩吧。」

「說的也是，我也想住住看三日月飯店。」

「啊，如果是爸媽的話，可以適用員工折扣。」

我上了車，就坐之後，巴士卻遲遲沒有發車，站在窗外的雙親似乎也在猶豫「可以回去了嗎？還是要待到車子離開？」，氣氛變得很尷尬。過了三分鐘之後，巴士總算出發，我們隔著車窗對彼此揮手。

我在釧路機場尋找職場用的伴手禮，注意到當地點心店製作的「光明」。我很喜歡同一家廠商製作的「夕日」西式甜點心，卻不知道還有「光明」。

根據店鋪的說明海報，「光明」是機場限定的商品，似乎是加入牛奶餡和藍靛果忍冬果醬的甜點心。因為是「以滿月為主題」，同樣是月亮，感覺很適合三日月飯店，於是我買了兩盒。雖然不夠分給所有員工，這一點只能請大家包涵。

我也買了「秋刀魚飯」做為自己的晚餐。這是在燉飯上面擺了一整條秋刀魚、做成類似棒壽司形狀的商品。醬油風味的壽司，加上秋刀魚與米飯之間夾的紫蘇香氣，讓我在東京時也會忽然很想吃。難得返鄉，當然不能錯過。

猶豫了一下，我決定也給遠田買「毬藻羊羹」。畢竟我告訴過他要回釧路了，沒有買伴手禮感覺有些失禮。

我搭乘三點多的班機離開釧路。由於平常是獨自生活，難得和家人待在一起，讓我感到有些疲勞，不過也度過了充實的時光。

飛機進入穩定飛行狀態後，機身不時會因為氣流的關係而晃動。窗外被白雲覆蓋，看不到任何景象。過了三個多小時，我回到曙橋的公寓。好像很遠卻又很近，好像很近其實很遠。這讓我想起第一次到下高井戶站時看到的，夏日的五岔路。

「光明」獲得同事好評，因此我承諾下次返鄉時還會再買。原岡也打電話到我的手機，說他因為吃到美味的魚，重拾活力投入賽馬。原岡的太太雖然也覺得魚很美味，卻對他發揮活力的對象有意見。

我再度回到日常生活，忙碌地處理工作。我原本想等下次要委託寫收件人姓名時，再把毬藻羊羹連同信封一起裝箱寄給遠田，因此把它放在辦公室的電腦旁邊；不過在二月上旬某一天，我無意間拿起盒子檢視，發現毬藻羊羹的賞味期限只有六十天。我以為一般羊羹賞味期限大概都有一年左右，因此大意了。

我把毬藻羊羹帶回公寓。次日的星期二，我不需要值班，於是便在早上十點造訪遠田書法教室。雖然沒有事前聯絡，不過平日的上午應該沒有在上課才對，而且如果遠田不在，我也可以在毬藻羊羹上貼張紙條放入信箱裡。

我按下門鈴等了一陣子，正想著大概沒人在家而準備返身離開，遠田就打開了拉門。

「咦？阿力，你說過今天要來嗎？」

「沒有，很抱歉突然來訪。我想要送你上次返鄉買的伴手禮，所以就過來了。」

「這樣啊，真是辛苦你了。」

我原本想在門口交給他就離開，但遠田卻沒關上拉門就匆匆走回屋裡，我只好無可奈何地尾隨他進門。

他帶我到二樓的工作室。房間的榻榻米上鋪著很大的絨布，上面放了一張看起來很高級的空白和紙。遠田說，這種紙叫做「畫仙紙」，根據材質與製法會有不同的厚度與質感，不過都比半紙昂貴，墨水的滲透方式也較難掌握，所以必須要有一定的書法技術才能運用自如。此刻放在絨布上的畫仙紙尺寸，大約有打開的時裝雜誌那麼大。遠田說他是依照委託，把紙張裁剪成適當大小。未裁切的紙張尺寸通常有兩種：一百三十五公分乘以七十公分的尺寸稱作「全紙」，將全紙縱切為一半則稱作「半切」。

絨布旁邊擺了硯盒，毛筆浸滿了墨汁。

「抱歉打擾到你工作。」

「我剛好到一個段落，正想休息一下。」

遠田把硯盒放到窗邊的和式矮書桌上，把隔開房間的襖門打開。我第一次看到工作室旁邊的房間，果然如我猜測是臥室。地板上跟我的住處一樣，鋪著沒有收拾的被褥，不過在棉被上放了兩張墨痕仍舊鮮明的字，大概是遠田寫完之後，放在棉被上晾乾的。我正擔心墨水會不會滲到棉被，遠田又把仍然空白的畫仙紙和絨布挪到臥室附近，騰出工作室的空間。

「你隨便坐吧，我去泡茶。」

「那個……我帶來的伴手禮是羊羹。」

遠田不等我從公事包拿出毬藻羊羹，就說：

「好啊，那我去泡綠茶。」

說完他就走下階梯。

我先把毬藻羊羹供奉在代替佛壇的抽屜櫃上，向康春先生和他太太的照片合掌致意。遠田還沒有回來，工作室與臥室之間的襖門是開的，我按捺不住好奇，膝行前進到臥室前方，偷看放在棉被上的書法。

這兩張畫仙紙也是時裝雜誌打開的尺寸，兩張上面都寫著同一首漢詩：

君去春山誰共遊
鳥啼花落水空流
如今送別臨溪水
他日相思來水頭

字體宛若印刷字般方正，工整到幾近神經質的地步，但整體又感覺得到溫暖與獨特的風格。我跪在榻榻米上，把背部縮起來又伸長，從各個角度仔細端詳這兩張書法。每個字的長度略短，就好像把文字稍微壓扁一樣。「君」字的右上角部分感覺有些圓潤，底下的「口」左上角的兩條線沒有完全銜接，留下些微空隙。

正因為沒有完全依照規則，才能展現出書寫者的獨特風格吧？我憑著外行人的想法如此推論，目不轉睛地盯著這些字，忽然感到一陣悲哀。我不懂這首漢詩的意思，卻感受到從這些文字湧來一股寂靜的悲哀，使我產生彷彿是自己在難過的錯覺。以這樣的心情觀看，就會覺得這些字明明端正卻有些壓扁，也有部分線條沒有完全相連，可能是因為遠田在寫字時強忍著悲痛的關係。

我聽到上階梯的腳步聲。遠田端著托盤回來，托盤中有茶壺、茶杯、羊羹用的小盤子、刀子及牙籤盒。他把托盤放在工作室的榻榻米上，拿起茶壺把綠茶倒入茶杯中，問我：

「羊羹呢？」

我還想繼續看那些字，但仍連忙站起來，從代替佛壇的抽屜櫃拿起毬藻羊羹。我坐回遠田正面的位置，把羊羹遞給他說：

「請笑納。」

「謝謝。」

遠田收下之後，看著包裝問：

「毬藻？這裡面加了毬藻嗎？」

「不是的。毬藻是特別天然紀念物，屬於瀕危物種，不能隨便採集。這是圓形的綠色羊羹，不需要切開，所以用不到刀子。」

「噢。」

遠田一打開盒子，毬藻羊羹就滾到榻榻米上。這項商品是在小氣球裡面灌入羊羹，以做成球體的形狀。可以想成是把廟會賣的水氣球改成一口大小，在裡面填滿羊羹。

灌入羊羹的氣球充氣口以金屬零件固定。遠田抓住從金屬零件露出來的氣球尾端，說：

「這是什麼？簡直就像保險……」

「我就知道你會這麼說。」我咳了一下。「請你拿牙籤戳一下毬藻氣球。」

遠田把毬藻氣球放在小盤子上，照我說的用牙籤戳了一下。這時氣球表面從戳下的部分瞬間收縮，露出裡面圓圓的羊羹。

「哇噢！這個好有趣。又不會把手弄得黏黏的，真方便。」

遠田率真地表示佩服，然後用牙籤戳起毬藻羊羹放入口中，說：「而且很好吃。」

「那當然，這是釧路最著名的點心之一。」

「不過老實說，還是會聯想到保險……」

「請停止不當發言。」

我再度用咳嗽打斷他的話。我難得被書法感動，寫的人卻是這副德性，實在是太遺憾了。

我也從榻榻米上撿起一顆毬藻羊羹，放在小盤子裡用牙籤戳一下。遠田似乎很中意這個點心，已經開始吃第二顆。我們有好一陣子只是默默地吃羊羹、喝綠茶。窗外的天空呈現冬季的景象，不過室內有暖氣，所以很溫暖。

「對了，你的家人怎麼樣？過得還好嗎？」

遠田開始收拾留在榻榻米上的毬藻羊羹，邊放回盒子裡邊問我。

「謝謝，他們都很好。我見到哥哥嫂嫂生下的嬰兒，長得很壯，而且胃口很好。」

「原來你有哥哥。等等，他的名字會不會是……航海的『航』？跟你的名字『續力』合起來，就是『續航力』。」

「不是，是……『努力』。」我小聲回答。

「什麼？」

「我哥哥的名字是『努』，跟我合起來就是『努力』。」

「真的假的？」遠田哈哈大笑。「是誰取的名字？」

「是我父母親取的。」

「真是誇張的父母，他們到底是認真的還是在開玩笑？」

我不記得雙親曾對我們特別強調過努力的重要，因此大概是一時起意取的名字，算是不太有趣的雙關語。

在遠田未歇的笑聲中，我聽見走廊上有東西撞了襖門。是誰——應該是金子吧。遠田總算停止笑，站起來替牠開門。

「房間裡放了作品，不要緊嗎？」

「應該不要緊吧。不過有時候，上面會有金子的肉球印代替落款。」

金子看也不看臥室一眼，等遠田回到先前的位置坐下後，便去玩弄他的作務衣袖子。

我把茶杯和小盤子放在托盤上，指著隔壁房間的棉被說：

「那是漢詩吧？我雖然不懂內容，不過看了卻感覺悲哀。」

「那就算合格了吧。」

遠田為了不讓金子感到無聊，不時把手臂舉起又放下。「那是名叫劉商的唐朝詩人寫的詩，標題是〈送王永〉。」

「詩的內容是什麼意思？」

「大概的意思是：『你離開後，我能和誰同遊春山？鳥兒啼叫，花兒凋落，潺潺的溪水已失去意義。此刻在溪畔為你送行，日後當我想念你時，只能再回到溪畔寄託思念。』」

「原來如此。標題的『王永』就是即將遠行的朋友名字吧？當時替遙人寫那封信的時候，與其由我來想內容，還不如直接寫這首漢詩。」

「是嗎？劉商只是在寫詩的時候自己愈寫愈感傷，事實上跟王永沒那麼要好吧？」

「真的嗎？」

「我也不知道，誰會知道古代詩人的私生活。」

「真是隨便，這樣竟然也能寫出那麼棒的字。」

害我白白感動了，我感到有些失望。

「寫的時候，我當然會盡量融入詩裡，盡可能用字來表達情境和情感。」

遠田抱起金子，站在與臥室之間的界線，俯視放在棉被上的兩張畫仙紙。

「不過大概仍只是依樣畫葫蘆吧。」

「你以前也這麼說過。」我站在遠田旁邊，看著那些字。「為什麼說是依樣畫葫蘆？我覺得寫得很棒啊。」

「這幅字是因為委託者說『想要掛在床之間，希望是歐陽詢體』，所以才這樣寫的。」

「呃……」

「歐陽詢是唐代——不，應該說在整個書法史中頂尖的書法家。他的書法風格端正，甚至成為楷書字帖的代表。」

「能夠寫出像那麼厲害的人寫的字，不是很厲害嗎？」

「這只是模仿字體而已。我的字是虛有其表的贗品。老頭子很討厭『請模仿某某人的字體』這樣的委託，所以常常罵我：『你就是因為手太巧，所以才不成器。不要去幫有錢人家布置牆壁，讓他們貼鈔票就好了。』」

康春老師之所以會斥責遠田，或許是擔心他的書法才能被這樣的委託消磨。我沒有看過歐陽詢的字，所以不知道這算不算「依樣畫葫蘆」，不過我在遠田寫的〈送王永〉中感受到的悲哀，絕對是因為這些字展現出詩的靈魂而散發出來的。如果只是虛假、仿製、徒有其表的字，有可能會讓我在還不了解詩的內容時，就產生如此大的情感起伏嗎？

「委託你寫這幅字的人很有錢嗎？」

「嗯，要說有錢還是沒錢，那當然算是偏有錢的。不過如果是真正的有錢人，應該會委託更有名的書法家吧。」

「是那個人指定要寫〈送王永〉的吧？」

「是啊。」

「這麼說，那位委託人應該不只是為了裝飾用，而是有很深的堅持，相信你可以把這首詩寫得很好，才會委託你的。也許那個人真的和朋友離別了。」

「是嗎？是因為這首漢詩很有名才選的吧？」

「有名的漢詩應該還有很多吧？雖然我也不太懂，一時想不出適當的例子……」

「阿力，你真是好人。」

遠田露出無奈的笑容。他這句話是在諷刺我太天真吧？身為外行人，果然不該志得意滿地講些好像很懂的話。我感覺尷尬，但遠田似乎不是在嘲諷我，他用下巴指了指棉被上的兩張畫仙紙，問我：

「你會選哪一張？」

沒想到他會徵求我的意見，我有點惶恐，不過還是回答：

「右邊那張。」

左邊那張雖然看起來比較勻稱，但右邊那張彷彿靜靜地迸發出悲傷底層的激情，從剛剛就吸引我的目光。

「那我就把右邊這張交給委託人吧。」

「請等一下！可以這麼輕率地做出決定嗎？」

「哪裡輕率了？我從昨晚就一直在做這項工作。紙張並不便宜，可是我還是重寫了好幾張，總算鎖定到這兩張。」

「好吧，既然這樣的話……」

「怎樣？你好像有些不滿？」

「沒有。我只是想到，還剩下一張紙……」

我瞥了一眼挪到棉被旁邊絨布上方的畫仙紙，放在硯台上的毛筆不是也吸飽了墨水嗎？

「我猜想，你是不是還想再寫些什麼。」

「真傷腦筋，你的直覺太靈敏了。」

遠田把金子塞到我懷裡，把絨布連同上方的畫仙紙一起拉到工作室。「我本來在猶豫要不要再寫一張。不過現在的我應該沒辦法寫出更好的作品，所以決定寫到這裡就好。」

遠田正準備將空白的畫仙紙捲起來，我忍不住脫口問他：

「那麼，可以寫一首你最喜歡的漢詩嗎？」

「啊，為什麼？」

「沒什麼理由。」

我雖然這麼說，但其實是想到，如果讓遠田寫自己喜歡的漢詩，或許就能寫出他不會覺得是「依樣畫葫蘆」的字，也就是反映出他本質的字。

「我的玻璃手臂從昨天晚上就操勞過度，快要折斷了。」

遠田一副嫌麻煩的態度抱怨，但不只是我投以期待的眼神，就連我懷裡的金子都盯著他，眼神好像在說：「快想想辦法！我可不想被這傢伙一直抱著。」

「好啦，我知道了。」遠田在重新展開的畫仙紙上放上紙鎮，然後說：「要我寫喜歡的漢詩，我也只知道比較有名的……」

他從矮桌把硯盒拿來，放在旁邊，面對絨布正坐下來。我為了不妨礙到他，便退到他的右後方，在最不會進入他視野的位置安靜地正坐。這時金子從我手中脫逃，害我緊張了一下，不過牠或許察覺到遠田背上開始燃起藍白色的火焰，乖乖地在我旁邊坐下。

遠田重新拿起毛筆沾墨水，再輕輕把筆壓在硯台上整理筆毛。接著他以左手按住畫仙紙的角落，身體前傾，將筆接觸到畫仙紙。

接下來的過程就像在看魔法一般。遠田運筆流暢，毫無猶豫，彷彿第一滴墨水透過毛筆沾到畫仙紙後，就自動依照文字形狀滲入纖維之間，使黑色的軌跡呈現出來。途中他當然也會把毛筆移到硯台上去沾墨，但就連這樣的動作，也像是書寫節奏的一部分，與文字流暢美麗的曲線化為一體。遠田彷彿沒有在呼吸般，沒入並融化在字——不，應該說是字的黑與畫仙紙的白之間，閃爍變化的縫隙中。

書法家全神貫注到連自身存在都消失的時候，世界就會反轉，眼前的文字會映出包含書法家姿態、意念與靈魂的森羅萬象。一千多年前古人的呼吸、看到的風景，以及心中的情感，都寄生在書法家呈現於紙上的文字中，傳達給觀賞者。書法家能用毛筆將宇宙萬物封印在紙上，讓它們在紙上活生生地躍動——看著遠田和他持續創造出的墨光流動，令我心生這樣的念頭。

最後一筆就像是不知不覺中結束的音樂般，在畫仙紙上留下淡淡的餘韻。這瞬間，紙上所有文字相互共鳴，開始演奏新的音樂。我不知道遠田寫的是哪一首漢詩。這是叫草書嗎？字體比剛剛的〈送王永〉更加奔放，在我眼中，只看到凍結般的美麗蜿蜒與流動而已。

沒錯，既是相互融合、呼應的流暢線條，又充滿張力與冰冷，就像在聽金屬琴演奏的音色，雖然優美卻完全感受不到濕度與溫度。我盯著剛誕生在這世上的這幅字，內心感到有些恐怖又深受吸引。我注視著這些彎曲流動的線條，讀出了其中幾個字的形狀，接著像是在解讀咒文般，逐一尋找辨識得出來的字。

第一個字是「煙」嗎？啊，好像也有「夜泊」和「酒」這幾個字。我被漆黑墨色的光芒震攝，一面以正坐的姿勢不知不覺地前移到遠田隔壁。金子不知為何也跟著我前進，盡情伸了懶腰後開始理毛。牠似乎是為了避免打擾遠田寫字，先前一直忍著沒動。

遠田放下毛筆，把雙手在頭上相扣，伸直手臂，轉動脖子讓骨頭發出響亮的聲音。

「寫得滿好的。」

我點頭同意——不只是滿好的，簡直是棒呆了。沒想到他卻接著說：

「搞不好可以賣出去，所以下次展覽就帶去吧。」說完就匆匆拿起寫好的字站起來，放在隔壁房間的棉被上，完全沒有餘韻及感動力可言。我希望他至少能夠說明一下漢詩的內容，便開口說：

「那個……」

遠田不等我說話，就把從棉被上拿起來的〈送王永〉遞給我，是不打算拿給委託人的左邊那張。

「來，這個給你。你可以貼在廁所門上，或是在杯子打破的時候包起碎片丟掉，總會有用得上的時候。」

「這……我不能收。」

雖然沒選上，好歹也是一幅作品，怎麼可以當成商店街免費發送的月曆或舊報紙來處理呢？在我看來，這幅字也寫得非常好，正好可以拿到他所說的展覽去展示。

「你不要的話，我就丟掉囉。」

遠田毫不遲疑地準備撕掉那張書法，我連忙跳起來喊：

「我要！請給我吧。」

我站在玄關準備離去時，遠田看我雙掌朝上捧著他送我的字，便問：

「你打算這樣去搭電車嗎？」

「那當然，絕對不能折起來留下折痕。如果捲起來拿著，大概會被手心的汗水弄濕。」

「又不是什麼大不了的作品。」

遠田發出苦笑，然後對我說：「你等一下。」並走入屋內。不久之後，他拿著保鮮膜的紙筒回來。

「這上面還剩下一點保鮮膜，你可以在加熱白飯的時候用。」

我感激地收下，慎重地將書法作品捲起來，收進保鮮膜的紙筒中。紙張雖然從紙筒兩端露出來，不過這樣至少比較好拿，也不用擔心會沾到手心的汗水。

「謝謝你的毬藻羊羹。」

遠田今天依舊來到門口替我送行。他對我說：「真抱歉，沒替你準備午餐。」

「沒關係，請好好休息吧。」

遠田說他因為過度使用玻璃手臂而疲勞，所以要睡到傍晚上課前。金子剛剛和我們一起下樓，不過牠沒有替我送行，而是把臉埋進飯碗裡。

我臨走之前說：「我會好好珍惜你送我的作品。」

「是啊，遇到非常時期，還可以揉到變軟拿來擦屁股。」遠田回應我：

「下次再來吧。」

我拿著保鮮膜紙筒，從下高井戶站搭乘京王線，在終點的新宿站下車之後前往書店。我憑藉記憶中包含「煙」的幾個字，翻了幾本漢詩的書，然後挑了一本感覺適合初學者當鑑賞指南的，拿到櫃檯付帳。

這時已經過了下午三點。我下樓到書店的地下室，被咖哩的香氣強烈吸引，不過我不希望從保鮮膜紙筒露出的部分沾到咖哩弄髒，因此忍著空腹走向新宿三丁目站。

我搭上都營新宿線，只坐了一站，回到曙橋的公寓，匆匆換上家居服後，立刻把書法攤開在餐桌上，測量它的尺寸。

我仿效遠田，把它從餐桌移到地上的被褥避難，然後開始煮熱水吃速食炒麵。我邊吃邊用手機搜尋該如何擺放書法作品，就算請人裝裱，我的住處也沒有適合懸掛掛軸的床之間，最後決定在網路上購買價格合理的畫框，這麼一來就可以輕鬆地掛在牆壁上。要正式裱框或做成掛軸，可以等我搬到更好一點的屋子再說。畫框後天才會寄來，因此在那之前必須讓這幅字在餐桌和被褥之間移來移去。

吃完炒麵後，我打開新買的書。

遠田說他最喜歡的漢詩，是同屬於唐代的詩人杜牧寫的〈泊秦淮〉。我在書店翻的每一本漢詩的書幾乎都有這首，看樣子應該是很有名的詩。

煙籠寒水月籠沙
夜泊秦淮近酒家
商女不知亡國恨
隔江猶唱後庭花

我根據書上的原文、譯文、賞析等，用自己的方式去理解這首詩，大概是這樣的內容：

「煙靄籠罩在冰冷的河面上，月光照著岸邊的每一粒沙。我在停泊於秦淮河的船上過夜，不遠處是酒家。酒家女們不懂亡國之恨，即使在對岸也聽得到她們高唱〈後庭花〉的歌聲。」——〈後庭花〉據說是沉迷酒色導致亡國的皇帝所寫的哀淒歌曲，在酒家陪客的歌女渾然不知幾百年前的往事，反而開朗動人地唱著，酒家的客人們想必正為她們的美妙歌聲喝采吧。歌聲溫柔地搖動河面的煙靄，月光照拂的沙子也益發閃耀。

無意間聽到歌聲的作者杜牧，當時大概正獨自喝著酒。這首詩或許可以解釋為「不懂歷史還開心地唱那首歌，那些歌女和客人也太逍遙了」，不過我卻覺得不是這樣的意思。即使因為愚蠢的皇帝而亡國，人民仍然堅韌、盡可能愉快地繼續生活。這個世界之所以能持續運轉，不是因為皇帝，是因為人們追求平穩日常生活的意志。杜牧會不會是被人們的生命力、生活力所感動呢？

還有一點：即使國家滅亡了，歌曲仍流傳下來，杜牧這首描寫歌女的詩也流傳了下來。詩歌流傳下來，將過去的事件、月光照亮的美麗河畔、以及在那裡聽見的清透歌聲傳到今日。杜牧本人或許沒有想到自己的詩會流傳這麼久，受到世人喜愛，但或許，他聽到歌聲的瞬間，就對美麗、悲傷而短暫的東西（勉強一言以蔽之，就是「藝術」）所具備的力量產生希望吧。也因此，他才會情不自禁地把自己在那天晚上感受到的心情、眼見耳聞的東西，伴隨深刻的感動寫成詩。

然而遠田用毛筆寫的〈泊秦淮〉卻感覺冰冷。我把書放在餐桌上，在腦中喚起遠田寫的那幅字——宛若銳利而冰凍的音色般的字，或許很符合月光明亮的寒夜，不過跟我透過書本得到的〈泊秦淮〉印象差很多。

「商女不懂，亡國之恨」感覺好像具有某種特別的意思。

畫框寄來後，我把〈送王永〉的書法放進去，掛在牆上。雖然和地板上鋪著被褥的狹小房間不太搭調，不過只有那個角落宛若嗜好是收藏書畫的黑手黨豪宅般，散發出濃厚而瀟灑的氣氛，讓我很滿意。

或許是當了一次不速之客，從此就少了顧忌，在那之後，我時不時會造訪遠田書法教室。明明只要寄電子郵件就可以，我卻親自把要委託給他的收件人名單送到他家；有時即使沒有特別的事，也會在下班後順道造訪。

看過遠田面對作品時的認真模樣後，我更想了解他是什麼樣的人。雖然不太想承認，不過跟遠田在一起的時間，對我來說很舒服自在。

即使在學生上課時，遠田書法教室仍帶有寧靜平和的氣氛。造訪那個宛若被時間之流遺忘的地方，能讓我稍微喘一口氣，放下緊繃。上課時間學生可以自由進出，遠田也抱著來者不拒、去者不追的態度，因此雖然是工作往來關係，我卻開始覺得，小心謹慎地與他應對是件有點蠢的事。

當我在平日傍晚較早的時間前往遠田書法教室時，就會看到面對長桌的多半是小學生。他們對於我這個經常出現的局外人似乎習慣了，紛紛對我說：

「阿力，你又來了！」

「你在做什麼工作？」

雖然沒大沒小的，還是很可愛。

遠田邀我嘗試，於是我自國中書法課以來首次拿起毛筆寫字，但很遺憾，我似乎沒有書法的才能。遠田看到我寫的醜醜的「雪」字，有些狐疑地說：

「阿力，你的手腕搞不好特別僵硬喔。」不過還是幫我畫了花丸。在場的小學生當然也毫不留情地批評：

「這個『雪』感覺好像要融化了。」

「歪歪的，看起來好奇怪。」

只有遙人給我正面的評價：

「這應該是在描繪屋頂上的積雪掉下來的瞬間吧。」

他的體貼讓我感動，不過被小學生安慰，也覺得自己很窩囊。遙人寫的「雪」像大片雪花，靜謐而端正，夏天看他寫「風」字時的過細線條已經消失了蹤影。

上完課後，遙人在靠近玄關的六個榻榻米房間角落收拾東西，準備回家。

「剛剛真謝謝你。」我隔著長桌在遙人對面坐下。「你替我的『雪』做出全新的解釋。」

「別客氣，我只是說出心中的想法而已。」

遙人的反應比雪還要冷靜，不過從他微微泛紅的臉頰，可以看出他是在掩飾內心的羞澀。

「你的字寫得愈來愈扎實了，畢竟你快要升上六年級了。」

看到他的成長，我不禁繼年底之後再度興起感觸良多的心情，不過遙人卻說：

「什麼？還早得很，我要到四月才會變成六年級。」

這回他的反應不是為了掩藏羞澀，而是真的很冷靜。這時我才理解到，對我來說一個半月之後跟明天沒有兩樣，對遙人來說卻像永遠不會來臨的未來。想到自己和小學生對於時間流逝的感受有如此巨大的差異，我忍不住第三次感慨起來。

「你們不要在那邊嘰嘰喳喳聊天，快回家吃晚飯吧！」

正在趕學生回家的遠田似乎聽到我們的對話，偷偷笑了一下。

遙人已經把東西都收進書法袋裡，卻沒有要站起來的樣子。他對我說：

「對了，今天剛好續先生在，我想再請你幫忙代筆。」

「什麼樣的內容？」

我邊問邊對遠田揮手說：「請過來一下。」我擔心遙人的學校生活又蒙上了陰影。如果是這樣的話，除了代筆之外，他或許會需要借用到遠田看起來強悍的外表，所以最好還是兩人一起聽遙人說。

遙人等遠田在我旁邊坐下，在其他學生都已經離開的房間裡說：

「我跟朋友提到我曾經請人代筆寫信，他就說：『我也想要請人幫我寫信。』我們是在五年級才分到同班的，最近常常在一起玩。」

「你的朋友就是那個阿土吧？」

聽到遠田這麼說，我不以為然地指摘：

「遠田，你應該更用心聽別人說話才對。土谷是遙人三年級的朋友，而且不是已經搬到盛岡轉學了嗎？」

「說的也是。那這個傢伙是誰？」

「他姓佐佐木。」

遙人回答時絲毫沒有表現出失望或驚訝，他大概早就知道遠田不會仔細聽人說話，我暗自擔心遠田在遙人心目中的信任度已經跌到谷底。

「夏天時，佐佐木的妹妹誕生了。因為年齡差很多，所以他很疼愛妹妹，總是跟我說希望妹妹早點學會走路、說話，這樣就可以帶她一起去公園玩了。」

「噢，這樣啊。」

我跟哥哥差四歲。小時候，哥哥常牽著我的手，帶我到附近的公園。不過哥哥總是忙著跟朋友玩，常常丟下我不管，害我獨自一人嚎啕大哭。等到年齡稍長，哥哥就常常叫我跑腿，到便利商店去買冰棒或漫畫雜誌。現在回想起來還是會有些火大，不過哥哥和弟弟之間的權力關係大概就是這樣吧。如果是兄妹，年齡又有一段差距，或許就會變成像佐佐木那樣的「好哥哥」了。

「不過佐佐木也有不滿的地方，覺得他要幫忙的家務變多了。」

「變多是多多少？」

「聽說原本佐佐木要打掃大門前面，現在又得多打掃浴室。」

「這樣應該不算多吧？」我想起哥哥一家人努力奮鬥的樣子，不禁如此回應：「照顧嬰兒真的很辛苦，有了佐佐木同學幫忙，就可以減輕很大的負擔。」

「呃，佐佐木也不是完全不想打掃浴室。」遙人連忙補充：「不過他說，他的零用錢從三年級就一直維持一個月四百圓……」

「原來如此。也就是說，他想要向父母親要求符合勞動內容的薪資吧？」

「薪資？」

「抱歉，我是指零用錢。」

「沒錯，就是這樣。」

遙人轉達佐佐木同學的想法後，似乎如釋重負，露出笑容點頭，然後從書法袋外側口袋拿出一張折起來的紙。

「我從他的筆記本撕了一頁帶來，讓你們看看他的字。」

這張紙在長桌上攤開後，的確是筆記本大小，不過上面沒有格線。佔據整張紙的，是一個用鉛筆畫的大肚子、穿虎紋褲子的中年男子。或許是因為空間不夠，這個中年男子的肚子上寫了「※雷人」的註解。

「這是什麼？」

「這是卡通人物。佐佐木的繪畫能力……呃，不是很好。」

不論是圖畫或文字，感覺都自由奔放而饒富趣味。我原本擔心佐佐木在家中會不會被迫過度勞動，不過顯然是杞人憂天了。他應該是在自由的環境中成長，而且是個能夠要求加薪的厚臉皮……呃，應該說是可靠的小孩。

在我看來，從小能透過零用錢培養金錢觀念是件好事。話說回來，實際要寫信的是遠田，因此我轉向旁邊尋求他的意見：

「遠田，你覺得怎麼樣？」

沒想到他竟然在睡覺。他雙手交叉、閉上眼睛，裝成在聽對方說話的樣子，頭卻不停地往下點。怪不得他從剛剛就這麼安靜。我當然不客氣地用手肘頂了一下他的側腹部。

「嗯啊？」遠田張開眼睛。

坐在對面的遙人似乎早就發現遠田在打瞌睡了。他嘆了一口氣，說：

「少主，你好像不是很有興趣。」

「是啊。就算聽人家說『爸爸媽媽的注意力都被妹妹奪走，讓我好寂寞』，我也不太能體會。」遠田尷尬地抓抓臉頰。「畢竟我是獨生子。」

「佐佐木同學要委託的不是這種事，而是希望增加零用錢。」

我連忙插嘴，不能讓遙人對遠田的信任度陷入地底。

「是嗎？」遠田的反應很遲鈍。「我不太清楚小鬼的零用錢行情是怎樣。」

我也不了解最近的行情，而且不同家庭應該有各自的做法，不過佐佐木已經要升上六年級了，如果是要求從四百圓提高到五百圓，應該不算是太過分的要求。

「總之，來試試看吧。」

我向遙人借了鉛筆，讓遠田握筆。由於遙人說他今天沒帶信紙，因此就把「雷人」翻過來，把空白的一面朝上。「我來想內容，就當作是草稿吧。」

然而當我在腦中思考信件內容時，遠田卻丟下鉛筆，說：

「還是算了。」

「為什麼？」

就算報酬只有美味棒，他不是也輕易地接下過工作嗎？為什麼這次卻不肯做？

「佐佐木的字很難模仿嗎？」遙人擔心地問。

「不是這樣……」遠田想了一下，補充說：「阿佐的父母搞不好認為零用錢是零用錢，家務應該是要主動幫忙的，不該支付報酬。所以阿佐最好不要那麼快就拜託代筆，應該先和父母親好好談一下。」

他又幫別人亂取綽號。不過先不論這一點，沒想到遠田竟會提出如此合理的建議。遙人似乎接受了，點頭說：

「我知道了，我會這樣告訴佐佐木。」

他注視遠田的眼神顯得充滿光芒。看樣子，原本快要陷入地底的信任度應該提升了一些。

遙人拿起書法袋，很有精神地回家了。「雷人」的圖畫姑且留在長桌上，當作備用資料。遠田低頭看著這張圖，低聲喃喃地說：

「不知道的東西，是沒辦法寫好的。」

「我也不知道這個卡通。」

遠田聽我這麼說，才恍然抬起頭，笑著說：

「阿力，你也不知道嗎？過了三十歲，好像就愈來愈跟不上流行了。」

這時我才發覺，遠田剛剛的話是不自覺說出口的自言自語。

遠田說他「不知道」的是什麼？我雖然產生疑問，但遠田已經哼著歌開始擦拭長桌，我也連忙加入幫忙，結果就錯過詢問的時機了。

在那之後，我又混在學生中挑戰了兩次書法。不過或許還是因為手腕太硬，或者純粹是缺乏天分，只能在半紙上寫出歪歪斜斜的字。一開始哈哈大笑的小學生後來不敢正視我的作品，只是靜靜地顫抖著肩膀。我感到無地自容，最後放棄正式去上課，只是隨性地拜訪遠田，和他喝酒，或是和金子一起旁觀面對長桌上課的學生。

就如遠田所說的，金子在成人班上課時就會出現在一樓房間，偶爾還會坐到女學生的腿上。不過我猜這不是因為牠愛好女色，而是中年或老年男學生會突然大聲打噴嚏。每次有人大聲打噴嚏，金子就會跳起來，害得在場的學生嚇得晃動肩膀，教室裡到處都有人寫壞毛筆字。

「松先生，我不是每次都叫你打噴嚏要小聲一點嗎？我差點就不小心戳破耳膜了。」

遠田停下挖耳朵的手，出聲指摘，那位被稱作松先生的老先生吸了一下鼻子，說：

「抱歉抱歉，最近從二月開始花粉就到處飄，真受不了。」

話說回來，為什麼中老年男性很容易打出超級巨大的噴嚏？我暗自發誓，即使今後年齡增長，也不要成為會讓貓咪提心吊膽的那種人。

成年人的課上完後，我和遠田一起晚酌。遠田俐落地製作醃牛肉、炒高麗菜、豆腐、海帶芽及小魚沙拉等，當作下酒菜兼遲來的晚餐。當他端出淋上油淋雞風味醬汁的蒸雞肉時，我為他連這種感覺很費工夫的料理都會做而感到驚訝，他卻說：

「那是你完全不懂料理才會這麼想。雞肉只需要浸泡加了一點砂糖的日本酒，再放進微波爐就行了。」

他雖然這麼說，但每一道料理的味道都鮮明而美味。我們隔著長桌，面對面坐在一樓八個榻榻米的房間，啜飲著同樣放進微波爐加熱的日本酒。有時眺望著下在庭院中的雪，有時安撫到晚上還吵著要吃點心的金子。雖然沒有特別聊什麼，卻不會感到尷尬。每當我要回去的時候，遠田總是會對我說：

「下次再來吧。」

當我在書法教室休息的日子、或是下午較早的時間造訪時，遠田通常會在二樓的房間工作。有時在寫我委託的收件人姓名，有時面對大張畫仙紙默默地磨墨，不知道是又要舉辦展覽，還是有其他委託。每次見到這個人，不是在教學生寫書法，就是自己在寫書法，讓我感到佩服。他果然只有外表看起來輕浮，本質上卻是個認真克己的人。

遠田工作的時候，我為了不打擾他，會從房間的書架拿起書法展的作品集或歷史上著名的書法圖錄，坐在房間角落默默瀏覽。多虧如此，我認識了歐陽詢的筆跡，也聽聞（正確地說是「見」聞）了顏真卿、藤原行成等書法家的名字。我總是專注地把臉貼近書上的圖片，想著希望能有機會欣賞到真跡，不過應該很少會對外開放參觀吧。

圖片當中也有黑底白字的文字。我問遠田這是什麼，他說：「那些是把刻在石碑或青銅器上的文字拓印下來的拓本。」尤其是在比較古老的時代，文字未必會寫在紙上。根據他的說法，許多著名的書法作品沒有留下親筆寫下的字，只能透過拓本來流傳。此外，像是信件或筆記中，也有名留青史的書法作品。譬如顏真卿的〈祭姪文稿〉就以充滿悲憤的鮮活筆跡打動人心。顏真卿本人大概沒想到自己寫的弔辭會成為鑑賞品，讓後代的人為之感動。他要是地下有知，應該會很驚訝吧。

由於我缺乏欣賞書法的經驗、知識與審美觀，因此老實說，我無法判斷作品的優劣。有些書法作品只會讓我感覺「怎麼好像扭來扭去的」，不過看得更久一點，似乎就能體會到寫字者的呼吸頻率和情感。這時我就會覺得，書法果然是充滿變化而有趣的東西，即使是門外漢也會有興趣。

遠田在寫書法的時候，似乎並不在意身旁有其他人。我雖然覺得他要是稍微在意一點，感覺會比較像敏感細膩而神經質的藝術家，不過他卻完全不理會我，逕自埋頭揮毫，等寫到一個段落就說：「嗯，差不多這樣就行了。」同時停下筆。金子不知道是如何察覺出遠田的工作結束，通常會在這個時候用身體撞襖門。

我一邊餵金子吃遠田從作務衣口袋拿出來的貓點心，一邊問：

「遠田，你放假的時候也都在工作嗎？」

「啊？」

遠田仰臥在已經收起絨布的榻榻米上，把手伸進作務衣的懷裡，隔著長袖T恤抓著肚子。「沒有『都』在工作，我有時候也會去看書法展。」

那也算是工作的一環吧！金子似乎察覺到我的想法，伸出爪子抓住我拿著點心的手。遠田也挑釁地對我說：

「你幹嘛用一副『沒事做真閒』的眼神看我？」

「好痛……我沒有用那種眼神看你。」

「我才想問你，你放假的時候除了來這裡都在做什麼？」

「這個嘛，我會去書店，有時會去看賽馬……」

「那你還不是跟我一樣閒！」

遠田翻身朝向窗戶。庭院中的櫻花枝頭上，微微鼓起的花芽隨風搖曳。

就這樣，次週的星期一，我依照遠田的指定，在九段下站的驗票閘門跟他會合。他說：「我要讓你看看，我也是會去買東西的。」不過他去的卻是書法用品店，因此我暗自做出結論：「這個人的生活中果然只有書法。」

順帶一提，這天遠田穿的不是作務衣，而是牛仔褲和灰色連帽外套，並且圍了灰色圍巾。雖然沒有特別醒目的元素，但我走在路上卻不時感受到行人的視線。我原本覺得體格健壯、面貌英俊大概會很辛苦，但遠田似乎很習慣這些視線，像國王般大搖大擺地走在路上。

這是我第一次踏入書法用品店。這家店從外觀看就具有低調的老店風範，店內陳列著特大的筆、貴到嚇人的墨條和硯台等對我來說很稀奇的東西，光是用看的也很有趣。遠田和看似少東的人談笑片刻之後，開始檢視各種畫仙紙。

當他捧著裝了畫仙紙的大包裝走到店外時，很神氣地對我說：

「怎樣？你知道我不是很開了吧？」

「我原本就沒有那麼想。」

難得出門逛街，於是我們慢慢地散步到神保町。

「天氣變溫暖了。」

「嗯，距離春天正式來臨不遠了。」

G1賽事接踵而來的季節就要來臨了，我不能再渾渾噩噩地過日子，至少一定要去看日本德比才行。因此我計畫著從現在開始調整排班，並跟原岡聯絡。

午餐時，我們到神保町的名店吃咖哩。遠田抓起宛若神燈般的銀色容器把手，一口氣把咖哩醬全部澆到米飯上，讓我擔心起咖哩會濺到剛剛買的畫仙紙上。

這時我忽然想起一件事，問他：

「遙人上次提到的佐佐木同學的事，後來怎麼樣了？」

我因為飯店排班時間的關係，這陣子都沒有去旁觀兒童部的課，因此有些牽掛。

「這個嘛，我好像聽說阿佐和父母談判加薪，結果失敗了還是怎樣……」

「這麼說，他是不是重新委託你代筆寫信？」

「沒有，他大概決定乖乖打掃浴室吧。」

遠田大口吃完咖哩飯後，歪著頭問我：「阿力，你不吃馬鈴薯嗎？」

兩人的盤子裡各有兩顆馬鈴薯配菜，遠田早已把自己的份吃下肚，我因為吃得很飽，就還沒有吃。

「我可以給你一個。」

我還沒說完，遠田就把手中的湯匙換成叉子，把我的兩顆馬鈴薯都奪走了。我忙著佩服他的鐵胃，關於遙人介紹的委託案話題就曖昧不明地消失了。

飯後為了幫助消化，我們去逛二手書店。當我和遠田並肩在書店門口探頭檢視百圓花車時，背後傳來老人沙啞的聲音：

「向井？你不是向井嗎？」

我理所當然地以為「大概有人碰巧遇到認識的人吧」，但遠田卻像被子彈打中般轉向聲音傳來的方向，因此我也跟著他轉頭。

站在那裡的是一名瘦小的老先生，他身上穿的深藍色西裝應該是成衣，不過他手握拐杖、戴著淺褐色禮帽的姿態，看起來頗有氣質。遠田捧著畫仙紙，挺直背脊以標準的四十五度角鞠躬，對他說：

「中村先生，好久不見。」

這位應該是姓中村的老先生瞥了一眼畫仙紙，臉上泛起溫和的笑容說：

「看樣子你很認真在工作，遠田夫妻還好嗎？」

「兩人都過世了。阿婆……母親是在大約十年前過世的，父親是去年。」

「這樣啊……」中村先生摘下帽子，輕輕閉上眼睛。「真是太遺憾了。」

他的一頭白髮頂部有些稀疏，加上身材很瘦，因此給人的印象很像一隻鶴。遠田難得維持緊繃的姿勢，問：

「中村先生，您過得好嗎？」

「我？我已經快要退休了。」

中村先生重新戴上帽子，稍稍聳肩，不過表情顯得很開朗。

「真的？什麼時候？」

「大概是在櫻花飄落的時候吧。」

「接班人……繼承人是哪一位呢？」

「我不會讓任何人繼承，我打算收掉了。」

「這……」

「向井——遠田先生，時代已經改變了。」

中村先生面對呆如木雞的遠田，以慈愛的態度輕輕拍了拍他的手。「很高興今天在這裡見到你，請多保重。」

中村先生也向我點頭致意，我連忙低下頭回禮，接著他便沿著靖國通向神田的方向離去。即使他的背影消失在人群中了，遠田仍一臉嚴肅，不知道在想什麼。我覺得一直堵在二手書店門口不太好，便若無其事地引導他走向神保町的十字路口。

「他是你以前認識的人嗎？」

「嗯。」

「呃……發生什麼事了嗎？」

「嗯。」

遠田完全沒在聽我說話。從剛剛的對話可以推測，向井大概就是遠田成為養子之前的姓，而中村先生或許是書法界的人。不過其中到底有什麼原委，會讓此刻的遠田如此心神不寧？中村先生要結束書法家的工作、關掉書法教室，的確很令人遺憾，不過以他的年齡來說，也不能勉強挽留吧？

我們從神保町站搭上都營新宿線後，遠田總算回過神來，環顧四周。他先前似乎是毫無意識地跟在我後面走。

「我剛剛說：『我們回去吧。』你就點頭說：『好。』然後搭上電車。不要緊吧？」

「嗯。對了，阿力，」遠田重新捧起畫仙紙。「我接下來可能會有點忙。我之前答應一項工作委託，卻完全忘記了。」

「是嗎？那麼在這段期間，如果有寫收件人姓名的工作，我會先詢問你可以交件的期限。你手邊的工作大概什麼時候會結束？」

「我也不知道。結束之後，我再跟你聯絡吧。」

他的回答模稜兩可，明顯地很可疑。我想他一定在隱藏什麼，不過這時電車已經抵達曙橋。

「阿力，你家是在這一站吧？拜拜。」

我幾乎是被遠田從背後推下車。我站在月台上，隔著車窗看到遠田對我稍稍揮手，電車立刻就駛離了。

四

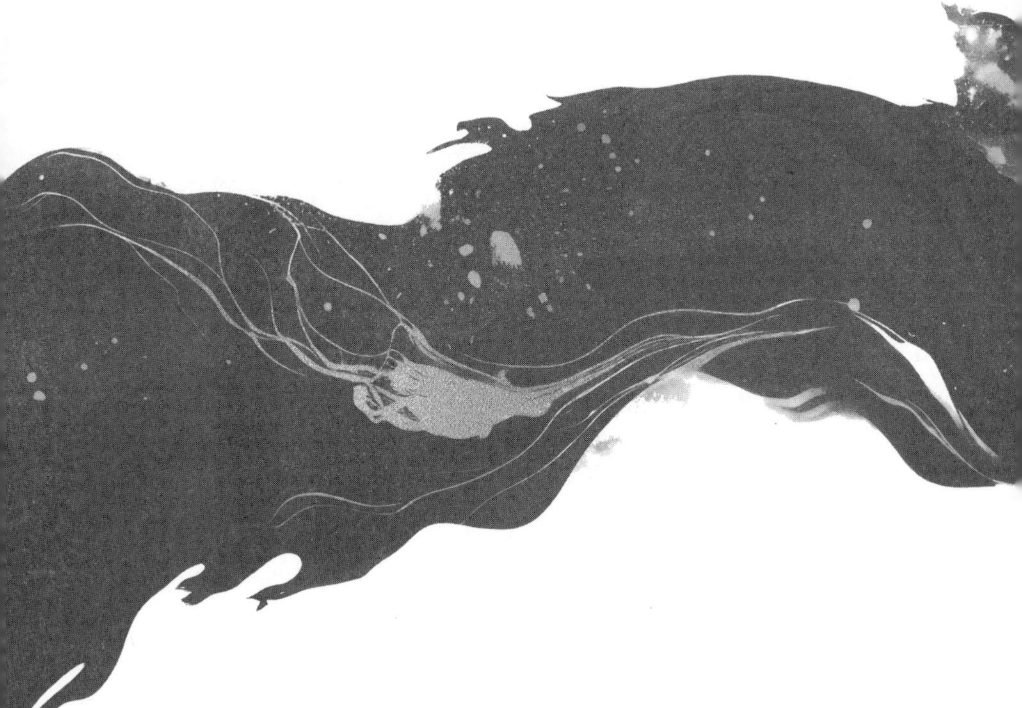

在那之後過了將近兩個星期，遠田都沒有跟我聯絡。

三月進入下旬，櫻花也接近滿開。我想到遠田書法教室院子裡的櫻花應該盛開了，不過既然他說很忙，我就不好意思去打擾，再加上春假即將來臨，飯店的工作讓我忙得團團轉，因此我打算過一陣子再去詢問他的狀況。

然而接下來卻發生了打亂我計畫的事。

那一天是平日，從早上就下著冰冷的雨。

「週末原本想去賞花，可是看這情況，好不容易開的花大概都要掉光了。」

「的確，希望能夠撐到那時候。」

我和客人進行了十五次類似的對話。到了休息時間，我告訴同事這情況，他說：

「真的假的？我只有兩次。」

我於是理解到自己的特殊體質（或者應該說是特技）依舊健在。話說回來，這樣的天氣實在令人心情沉悶，連同事都嘆息說：

「櫻花開的時候，常常會突然變冷下雨。為了避免客人著涼，要不要暫時提高館內的溫度設定？」

我在傍晚六點結束日班的工作。和夜班工作人員交接後，我在臨走前用辦公室的電腦檢查了一下信箱。我一一打開郵件，看到和三日月宴會廳的客人見面討論的日期、熟悉的婚禮設計師提出的報價等等，逐一回信。最後一封是遠田寄來的，收件時間是下午五點五十二分，等於是剛寄來沒多久。我猜想他會不會已經做完他說之前忘記的委託工作，或者又要以莫名其妙的理由找我過去，但是打開信件後，卻忍不住從辦公椅站起來，大喊：

「什麼?!」

遠田的信只有簡潔的幾句：「因為種種理由，希望能夠解除繕寫師的登錄。非常感謝這些日子以來的照顧。」

我立刻拿起手機打電話到遠田書法教室，卻只聽見一再反覆的回鈴音。對了，現在應該是上課時間，他會不會忙著指導學生，沒辦法接電話？可是他不是剛剛才寄電子郵件過來嗎？

我收拾東西，從飯店的後門衝到外面。

當我在下高井戶站下車時，天已經完全黑了。雨勢愈來愈大，幾乎接近春季暴風雨的程度。我以透明傘為盾牌，一邊防禦從正面吹來的風雨，一邊走在玉電軌道旁的路上。我的牛仔褲和運動鞋都因為濕透而變得沉重，傘骨也折斷了幾根，不過我還是設法護住上半身，抵達五岔路口。

暗溝小徑已經化為一條小溪。仔細想想，這裡原本就是溪流，因此地勢大概本來就比周圍稍低吧。整條路彷彿找回原本姿態般被水淹沒，流入的雨水找不到出口而逆轉，發出咕嚕咕嚕的聲音。

唉，不管了。我直接踩入暗溝小徑。冰冷的水淹到我的腳踝左右，運動鞋已經確定陣亡了，加上狹小的路上還有強陣風吹來，使得透明傘也完全崩壞。

「唔噢噢噢！」

我跌跌撞撞地從暗溝小徑走出來，連按遠田書法教室的門鈴。遠田也許正在上課，但我顧不了那麼多了。

拉門彷彿是因為撐不住而打開。遠田看到站在暗處、宛若從河裡拿著雨傘殘骸爬出來的河童般的我，發出「哇！」的叫聲往後倒退。

「原來是阿力呀，你果然來了。」

「我當然會來，那封電子郵件是什麼意思？」

「真拿你沒辦法，你等一下。」

我用遠田從屋裡拿出來的浴巾擦頭，脫下運動鞋和襪子，擦了腳，然後才踏上走廊。在燈光底下看，才發現牛仔褲的褲腳被泥巴弄髒了，我正想著該怎麼辦，正在替我的運動鞋塞入報紙的遠田便上二樓，替我拿來成套的運動衣褲。

我被丟進靠近玄關的六個榻榻米房間，換掉濕透的衣服。一反我的預期，一樓並沒有學生的身影。今天原本就沒有成人班的課，兒童班則因為預期風雨會變強而臨時停課。書法教室似乎為了應付這樣的情況，事先做好了聯絡網。

落地窗外，盛開的櫻花浮現白茫茫的輪廓，在室內燈光的照射下，可以看到被風吹拂的枝頭不斷有東西落下，不知道是花瓣還是雨滴。

「喂，把脫下來的衣服給我。」遠田從走廊上對我說：「我放進洗衣機裡洗。」

「不用了，不能添這麼大的麻煩。」

雖然我這麼說，遠田仍踏入房間，從我手中奪走包含襪子在內的濕衣服。洗衣機和浴室似乎是在廚房後方。

都晚上了還這麼麻煩他，實在是過意不去，我在內心反省。仔細想想，收到遠田那封電子郵件，我其實可以回信問他：「請問這是怎麼回事？」也可以明天再打電話給他，根本沒有必要在這麼惡劣的天氣中突然跑來這裡，我實在是太衝動了。

話說回來，至少在衣服洗完前，遠田應該會跟我談談。我稍微鬆了一口氣，但還是呆呆地佇立在房間裡。靠走廊的襖門再度打開，遠田站在門口，端著放了兩個馬克杯的托盤。我聞到咖啡的香氣。

「我們去二樓談吧。」

遠處傳來洗衣機運轉的聲音，我跟在遠田後方上了樓梯，進入他的工作室。

室內幾乎有一半被巨大的絨布佔據，上面並排放了五張高級畫仙紙，每一張都裁剪成二十公分高、三十公分寬的長方形，其中四張以強勁的筆法端正地直書著人名，一共有九人。有的紙上只寫了一個很大的人名，有的紙上寫了兩個或四個人名。有些人的姓名右邊似乎加上了頭銜，不過因為文字很小，因此我一時間沒有看出上面寫的是什麼。

剩下的一張是由左往右的橫書，分成三行寫著：

第三代末山組
引退解散儀式
芳名錄

這些字寫得很大，字跡剛健而端正。

「這……這是什麼？」

我驚訝地立在原地。遠田把托盤交給我，拎起墨水似乎已經乾了的畫仙紙，放在窗邊的矮書桌上，再折起絨布，挪到房間的角落。金子原本坐在矮書桌前的座墊上，這時似乎覺得「總算有可以踩的空間了」，來到榻榻米上伸了個懶腰。

「坐下吧。」

遠田說完，逕自在房間中央盤腿坐下。我關上襖門，在遠田對面正坐，將托盤放在兩人之間。

「上次去神保町的時候，不是有個老頭喊我嗎？」

「是的。」

「那個老頭叫中村二郎，是黑道的幫主。」

「什麼?!」

那個看起來人畜無害的瘦小老人，竟然是黑道幫主？人果然不可貌相。

「雖說是黑道，但只是神田的小幫派，在這樣的時代很難得地以一本獨鈷的形式經營。」

「啊？」

我反射性地表示驚訝，但其實聽不懂他說的專業術語。（或者該說是業界術語？）

「很抱歉，一本獨鈷是什麼意思？」

「就是說，他們沒有加入新聞中常聽到的那種知名的大型幫派，而是自力更生地運作著。」

「噢。」

「你上次應該也聽到了，中村先生四月就要卸下末山組第三代組長的身分，從此退出江湖，剩餘的四名組員也要跟著他回復正常人身分。」

我從剛剛就有不好的預感，此刻預感幾乎已經證實了。我瞥了一眼遠田背後的矮書桌。剛剛還放在絨布上的那些畫仙紙，到底是要做什麼用的？那上面是不是寫著「末山組」、「引退」之類的？

「一般來說，組長的引退儀式和接班人的發表會應該要辦得很盛大，不過末山組畢竟要解散了。儀式只有組員和平常關係親近的相關人士參加，而且是在中村先生家裡簡單地舉辦。」

「這樣啊。」

我已經不知道該如何反應了，所謂的「相關人士」應該也是黑道吧？我對這方面完全不熟，不過我猜想，遠田應該是把結拜兄弟之類的關係說得婉轉一點。

「舉辦引退或襲名儀式的時候，會製作芳名錄發給參加者。芳名錄通常會加上豪華封面，製作成小冊子，邊緣打兩個孔，穿過繩子固定起來。不過因為末山組很缺錢，所以只是在便利商店影印後用釘書機釘起來。另外也要製作名條，貼在舉辦儀式的房間牆壁上。」

「那個……」

遠田似乎猜到我要問什麼，笑著說：

「我說的名條可不是指天婦羅的炸什錦[23]，而是標示座位的大型紙條，你可以想成是在房間牆壁上貼了好幾張寫了名字的垂幕，參加者會坐在寫了自己名字的紙條前方。」

「原來如此。還有，雖然我覺得不可能，不過你……」

「沒錯。我受到委託，要為中村先生的引退儀式寫芳名錄和名條。我剛剛寫的就是芳名錄的草稿。」

「你為什麼要做這種事?!」我忍不住起身問他：「就算是引退，也請你不要協助那種黑道的組織活動！難不成是那位中村先生威脅你嗎？」

「沒有人威脅我。」遠田安撫我：「是我自己前往位在神田的組織事務所兼中村先生家，向他拜託要做這項工作的。他遲遲不肯答應，我費了好大一番工夫才得到他的同意。」

「所以，你為什麼要做這種事？」我感到更加頭痛。「近年來對於遵守法規的要求愈來愈嚴格。三日月飯店不只是住宿，就連宴會廳也拒絕提供黑

23 「書き揚げ」和「カキアゲ」發音相同。

社會相關人士使用，怎麼可能委託與幫派有工作關係的繕寫師……」

說到這裡我才意識到，遠田早就料到這情況。當他決定承攬芳名錄與名條的繕寫工作，就已經下定決心了。也因此，他才會寄電子郵件給我，要求解除繕寫師的登錄。

「遠田，請你老實告訴我，到底是怎麼回事？」

我急切地詢問。中村先生似乎是遠田的舊識，但即便如此，也不能讓遠田為了黑道而走偏路。

「你一定是受到威脅吧？如果是的話，我可以介紹三日月飯店的顧問律師給你，也可以直接去找中村先生談判。要是已經收了錢，請你立刻退還……」

「我沒有收錢。」遠田的聲音低沉而冷靜。「我不是說了嗎？是我自己想寫，才去請求中村先生，勉強得到他的同意。除了我和中村先生以外，沒有人知道芳名錄和名條是誰寫的。」

「還有我知道！」

我不禁激動地喊。我不知道該如何處理眼前的情況，慌亂到快要哭出來。

我並不想解除遠田的登錄。不只是因為不想失去優秀的繕寫師，也因為不想切割與遠田一起度過的時間，或是遠田的存在。但是從三日月飯店、以及我身為飯店員工的立場和道德守則來看，一旦知道遠田為黑道引退儀式提供書法，就不得不解除他的登錄。

我並不想知道這種事，他為什麼不瞞著我把書法寄給中村先生，然後繼續若無其事地擔任繕寫師的角色？

遠田或許察覺到我的結論，以毅然的口吻對我說：

「我無法保證不會發生萬一的狀況。萬一被外界得知那是我寫的，就有可能害你和三日月飯店惹上麻煩，所以我才要解除登錄。」

「我知道了。」我無力地點頭。「可是我還是不了解，你為什麼要做到這種地步？」

「因為我發覺到貓熊是外星生命……這個理由不行嗎？」

「又不是情侶要分手！我是認真地在問你。」

「送牛肉的女人也是很認真地來委託，你好意思說這種話嗎？」

遠田嘆了一口氣，掀起穿在作務衣底下的長袖T恤左邊的袖子。「我原本想要隱瞞這件事，不過我也猜到，寄了那樣的郵件之後，你一定會馬上跑來。」

我注視著遠田露出的手臂，好一陣子說不出話來。從他的手肘到手腕上方，以深藍色的線條描繪著圖案。那是很美麗的花卉圖案——是牡丹嗎？我情不自禁地伸出手，用指尖觸摸皮膚。皮膚表面很光滑，又有些冰涼。這不是貼紙，更不是用筆畫的，這是真正的刺青。

「呃……」

我縮起手指，然後因為腳開始發麻，便改為盤腿而坐。看樣子我們還有很多話必須要談。

遠田把袖子拉回原狀，對我說：

「刺到這裡的時候，我被關進牢裡，所以還只有輪廓而已。左右上臂和背上的刺青就有上色了。順帶一提，背上的圖案當然是獅子。你想看嗎？」

我連忙搖頭。

「遠田，你也是黑道嗎？」

「以前是。不過我已經金盆洗手十二、三年了，所以你並不算是與黑道密切往來，放心吧。」

「這……我驚訝到腦筋一片混亂，不過退出幫派幾年和放不放心有什麼關係？你就是你吧？這一點我原本就很放心。」

我陷入莫大的混亂中，無法好好思考，只能從自己不明白的點來問他。除此之外我想不出其他處理方式。

遠田似乎沒有料到這樣的回應，看著我笑了。

「噢？沒想到你還滿信任我的。黑道份子在退出幫派、恢復正常人身分後，警察那裡會保留五年的紀錄，沒辦法租房子，也沒辦法開銀行戶頭。在這段期間有交流的人，好像都會被盯上，我也不太清楚。話說回來，末山組是那種在廟會擺攤、動員所有組員做家庭手工的小組織，我又是其中最低層的，所以很難想像警察真的會整整五年監視我的行動。」

在這五年當中，無法簽租賃契約也不能在銀行開戶，那麼就算想要洗心革面，也沒辦法過正常生活吧？我覺得這是很奇怪的制度，不過我現在有更在意的事要問他。

「也就是說，你以前是中村先生率領的末山組成員嗎？」

「沒錯。雖說是『率領』，其實組員只有幾個人而已。對了，森先生的名字沒有在芳名錄上，應該是過世了吧。他當年就已經老態龍鍾了。」

遠田顯得有些感傷，但我卻沒那個心情陪他悼念。

「那個那個那個——」話題拉回來：「你待在那麼小的黑道幫派，過著像時代劇裡的長屋[24]生活，為什麼會被關進牢裡？如果這個說法有所冒犯很抱歉，不過你明明是書法家，為什麼會變成黑道？我完全搞不懂。」

「我是從黑道變成書法家的。照常理來想就會明白吧？如果可以當書法家賺錢，哪有人會去當黑道？」

就算照常理來想，也不會明白從黑道變成書法家的經過吧？我腦中的混亂程度愈來愈嚴重。遠田似乎此時才想到要喝咖啡，拿起馬克杯發現咖啡早就涼掉了，又放回托盤。

「真拿你沒辦法。我照時間順序說給你聽吧，可能會有點長。」

這時原本把下巴擱在座墊上睡覺的金子起身，沒有發出腳步聲地走過來，把身體蹭在盤腿而坐的遠田大腿上。牠或許只是覺得肚子側面有點癢，但看起來像是在鼓勵遠田。

遠田摸著金子的背，似乎在整理思緒。我盤腿坐著，為了表示專心傾聽的態度，刻意挺直背脊。

過了半晌，遠田才開口說：

「我出生在人口不到十五萬的地方都市。因為不太想要喚起回憶，就只說是在北關東的某縣吧。站前的商店街已經很蕭條，從大街稍微走進去，有兩條酒吧和色情行業林立的街道，到了晚上勉強可以稱得上熱鬧。我上小學

24 長屋是數戶並排建造的連棟建築，巷弄間的長屋通常每戶室內空間很小。時代劇中會出現居民在長屋內做家庭手工的場景。

的時候，靠近郊外的國道沿路據說開了一間購物中心，不過我從來沒有去過，因為我家沒車也沒錢。」

金子從遠田的手臂之間鑽出來，不斷嗅著我身上的運動褲膝蓋部分，似乎是想說：「你為什麼穿著遠田的衣服？」遠田仍低頭看著托盤中的馬克杯，繼續說：

「另外也有很多缺乏的東西。父親一開始就不在，母親偶爾在家的時候不是喝得爛醉，就是在跟男人睡覺，反正就是很常見的那種典型。我剛剛說『上小學的時候』，不過實際上我很少上學。母親只會給我滿足最低需求的錢，對我毫不關心，碰到導師或社工人員來家庭訪問的時候，她會勃然大怒，把人家趕回去。我雖然年紀小，卻也懂得『不去學校會很麻煩』，所以當我知道如何使用洗衣機之後，為了避免惹麻煩，就決定偶爾去上學。」

「洗衣機？」

遠田笑著說：「是啊。我當時不知道有多呆，直到小學二年級左右都不知道擺在公寓外廊、布滿灰塵的箱子是什麼東西。家裡擺滿了亂七八糟的雜物，母親從來不洗衣服。她大概只有在偶爾想到的時候，才會把工作要穿的衣服拿去洗衣店洗。我一開始也是穿著從雜物堆裡拉出來的衣服去上學，當然會被說『好臭』，我因為受不了同學的反應，從一年級的第一學期左右就開始蹺課。所以當我看到住隔壁的大姐姐在使用洗衣機，想通『對了，只要洗衣服就行了』時，心裡真的滿高興的。不過我在學校還是沒有朋友，也跟不上進度，在教室裡只能坐著發呆，所以還是偶爾才去學校。白天如果在外面晃，會被大人叫住，所以我就一直待在屋子裡看電視。」

這根本是完全放棄育兒的狀態。從遠田現在爽朗豪邁的姿態，很難想像他童年時期過著那樣的生活，但他卻以堪稱愉快的語調在描述，我不知道該如何回應。

「可是……」我勉強擠出聲音：「你不是可以很流暢地寫出漢詩嗎？那到底是怎麼……」

「那當然是我後來拚命念書的成果。」

遠田望向抽屜櫃上的康春先生照片。「老頭子教我查字典的方式，對我說：『如果有不懂的詞或漢字，就用這個來查。』這麼說我才想到，我在擺攤的時候，計算零錢的速度很快；還在看大哥們買回來的八卦週刊裡，學會了讀寫日常用的漢字。只要迫於需要，人就會想辦法適應吧。」

「可是你當時在那樣的家庭狀況當中，怎麼解決三餐？」

「不是有便利商店和微波爐嗎？」

遠田得意地回答，在此同時金子猛咬了我的腳拇趾。「好痛！」我的腳動了一下，似乎把牠嚇到了，迅速衝過房間鑽到矮桌底下。

「我可以跟你打賭。」遠田保持盤腿坐姿，轉身把金子拉出來抱到腿上。「不論是多麼亂七八糟的房間，至少都會有足以打開微波爐的空間。如果連那裡都被堵住，那就很危險了。這時就要小心住戶的精神狀態和求生意志。」

「原來如此。」

「我的母親會留給我不至於餓死的錢，所以應該還算比較好的吧。」

我難以苟同，不過由我來否定也不太合適，因此我只模稜兩可地點頭。同時，我好像能理解遠田為什麼不想答應佐佐木同學的委託，以及他究竟是不知道什麼而認為自己「沒辦法寫好」。我因為驚愕過度，心跳變得很快，無法順利應聲附和。遠田沒有理會我的反應，繼續說：

「到了國中左右，雖然還是不太常去上學，不過我的個子突然開始長高。這麼一來，我就能夠自己賺錢了。」

「什麼？」

我以為他是謊報年齡去打工，但是他卻說：

「我會跟給我零用錢的女人上床，有時也會跟大叔上床。」

我啞口無言，想起遠田提到「受歡迎」的話題時變得陰沉的眼神。

「這……」我終於開口。不知是因為氣憤還是悲傷，強烈的情緒讓我的手在顫抖。

「對小孩子做那種事，應該是犯罪行為吧？」

「嗯，反正不是什麼好傢伙。雖然說日後成為黑道的我，也沒資格說別人……」

遠田搔著金子的喉嚨。「總之，只要有一點錢，行動就能更自由。我愈來愈少去上學，常常流連在那座寒酸城市裡的寒酸鬧區。我當時想：『就算再怎麼討厭和輕蔑，自己最後也會像這樣走上跟父母親相似的路吧。』說真的，那樣的生活對我來說比較自在。在那裡有很多跟我境遇相同的傢伙，所以我不需要一一說明家裡的狀況，或是承受莫名的同情眼神。夜晚的街上，一切都以簡單易懂的法則運行——金錢跟腕力。」

我現在讓遠田一一解釋，對他來說應該是很煩又很痛苦的事吧？我到底想要知道遠田的什麼？我並不是要讓他談起這樣的話題。想到這裡，我愈來愈難受。我感覺到遠田不只是說明，還自然而然地跟我劃清界線，表明「你跟我是完全不一樣的」，心情更糟。我想對他說：「你什麼都不用再說了。」但是遠田並沒有停下來。

「我勉強從國中畢業時，母親死了。那天我到早上才從女人家裡回來，看到母親躺在房間裡，身體已經冰冷。我早就預期到這樣的結果，所以並不特別驚訝。她明顯因為喝酒過度弄壞身體，驗屍結果發現她還有嗑藥。我勸她去醫院的時候，她不肯去，大概不是因為錢的問題，而是因為這個吧。我照著市公所的傢伙指示，安排火化和埋葬等手續，然後把自己存的錢都當作葬儀費留下來就跑走了。我當時已經被當地工廠錄用，不過我完全不打算在那種寒酸的城市裡過一輩子。」

遠田雖然用偽惡的語氣說話，不過我猜想，他大概是放不下母親，因此母親還在世時才沒有離家出走吧。

「我在家鄉鬼混的時候，認識一個大我三歲、姓元木的男人，他去了東京。我沒有其他管道，所以一開始先住進他那裡，然後一邊請元木介紹我工作，一邊輾轉借宿在願意養我的女人家裡，在上野一帶過著放浪的生活。我當時覺得大城市真是好地方，沒有人會特別注意我，讓我感到很輕鬆。後來元木不例外地加入了某個幫派，那是連你都聽過的全國性幫派的下層組織。元木邀我說：『你應該也很適合，一起加入吧，我會把你介紹給大哥。』我原本也以為自己會就此成為黑道，可是卻開始猶豫。」

「為什麼？」

「當黑道一開始根本賺不到什麼錢，這種情況你說要怎麼辦？」

「是要打工嗎？像是送報紙，或是去便利商店當店員？」

「你的想法未免也失焦得太厲害了吧，風景都糊成一片，簡直能拍靈異照片了。」

遠田不以為然地說完，開始猛揉在他腿上打瞌睡的金子腹部。金子不耐煩地稍稍張開眼睛。

「告訴你，黑道不是職業，而是生活態度，至少在表面上是如此。不過，光靠生活態度這種概念沒辦法填飽肚子，所以才會去販毒、收保護費、經營空殼公司，使盡各種暴力與腦力來賺錢。也就是說，像那樣的經濟活動本身已經是為了實踐生活態度不得已去做的副業；如果再加上打工，不就更複雜了嗎？更何況，有辦法做好便利商店店員或送報紙工作的人，根本不會去當黑道。」

「對、對不起。」

「比方說，要想收取保護費，各幫派的勢力範圍都很鞏固，不可能容許後來的人分一杯羹。要找到很好的地下行業，成為『能夠自己賺錢的黑道』，需要經驗和才智。那麼在還沒辦法賺錢的時候要怎麼辦？就得靠女人來養。不管是多麼厲害的老大，年輕時通常都是吃軟飯的。」

「這麼說，不就正好適合你……啊，不是，真抱歉。」

我心想自己又說了失焦而且失禮的話，連忙道歉，遠田卻挺起胸膛說：

「元木也是對我說：『薰很有女人緣，一定很適合當黑道。』」

真希望他能說清楚，他到底是想炫耀自己有女人緣還是不想。

「不過我不太感興趣。要靠女人生活、讓女人照顧我的一切，必須要很殷勤才行吧？我對女人沒有那麼大的興趣。當時我才十八歲左右，感覺就已經像是枯乾的老人了。」

我心想，遠田還年輕就「枯乾」的原因，應該是受到過去壓榨他的大人影響，當然我沒有說出口。

「不過我想說，至少要激勵一下自己，所以就去鶯谷找一位技術很好的刺青師傅。」

「等、等一下！」我感覺話題跳得太突然了。「這算是什麼激勵法？」

「那位刺青師傅也對我說：『這算什麼激勵！你是白癡嗎？』」遠田露出懷念的神情。「他對我說：『不要沒想清楚就沖昏頭，跑到這種地方來！』我當時還很年輕，所以也動了火，對他咆哮：『我當然有想過，笨蛋！我只剩黑道這條路可以走，可是找不到想進去的幫派，所以想先從外型著手。』結果他就介紹我進入末山組。」

「竟然有這種類似職業仲介的系統？」

「沒有，通常刺青師傅不會介紹幫派，不過他大概看我太不可靠了。他問我：『你想進入什麼樣的幫派？』我回答說：『不用剝削女人的幫派。』他就說：『我知道一個地方。』」

遠田雖然被拒絕刺青，卻得到寶貴的情報，於是立刻去拜訪位在神田的末山組。組長中村先生知道遠田無依無靠，便允許他住進事務所兼自己的住處，說是要讓他學習禮儀。

「從那天開始，我就在大哥們的指導下，負責煮飯打掃之類的工作，遇到附近有廟會的日子就去擺攤。老爹大概沒打算讓我成為黑道。他雖然對禮儀要求得很嚴格，卻總是對我說：『你有沒有想做的事？如果想要上學，我可以幫你出錢。』明明大家都要一起做黏信封的家庭手工了，還這麼慷慨！」遠田愉快地晃動著肩膀大笑。「老爹收留了我，大哥們的個性也都很好，和附近鄰居相處得也很融洽。他們就像是童話故事裡的黑道，所以我心想：『待在這個組應該沒辦法成為有錢人吧。』不過我並不在乎。元木笑我說：『你幹嘛跑去那種貧窮家族？』我是真的把老爹當成真正的父親，把大哥們當成親兄弟。」

遠田想要得到的應該不是金錢、高級車，或美女的青睞吧。他真正渴求的東西，只存在於虛擬家庭般的幫派組織中，讓我覺得悲哀而諷刺，不過我可以理解他的心情。不論如何招人指指點點或排斥，黑社會勢力始終沒有消失，正是因為有那些無處可去、只有在那種環境才能好好呼吸的人。淪落到那種場所的原因和責任，難道只有本人必須承擔嗎？

遠田做了兩年的禮儀見習，終於說服遲遲不願答應的中村，正式入幫。同時，他又去找鶯谷的刺青師傅，請他替自己刺青。

「每當我存到一筆錢，就會去刺一點點。我拚命黏信封，也拚命烤章魚燒來賣。光是這樣當然還不夠，所以我有時候也會和女人上床賺零用錢。老爹很快就發現我去鶯谷的事，痛罵：『你在幹什麼，笨蛋！』還揍了我一頓。不過老爹雖然這樣，自己也屬於老派的人，身上刺了很華麗的圖案，所以一點說服力都沒有。」

那個看起來敦厚而氣質高雅的老人背上，竟然有刺青……我身為飯店員工，自認培養出了看人的眼光，看來我還是太嫩了。

遠田在末山組過著還算快樂幸福的日子，不過在他當上正式組員一年左右，元木難得打電話給他。

「那是在夏天一個悶熱的夜晚。他打來說：『我待會有點小事要出門，可是因為喝醉了，可以拜託你來幫我開車嗎？』我回他說：『你可以搭計程車去吧？』他卻說：『沒錢。』堅持不肯放棄。我原本可以拒絕他，但好歹受過他的照顧，加上那天剛好不用去事務所值班，所以我就對待在事務所的大哥說：『我朋友找我，出去一下。』然後搭乘電車前往上野的酒吧找元木。

元木的確喝得很醉，我得讓他扶著我的肩膀，才能帶他到停在附近停車場的車子那裡。」

然而元木坐上副駕駛座後沒多久，不知是不是酒醒了，眼睛變得炯炯有神，身體不停地發抖。遠田依照元木的指示，把車開往淺草寺，路上一再對元木說：「你如果想吐的話，我會把車停下來，所以請早點跟我說。」

「不過元木卻堅持『不要緊』，繼續不停地發抖。我想到他如果嗑了藥會很麻煩，因此刻意小心駕駛，要是被警察攔下來就糟了。」

然而真正的麻煩正在前方等著他。

黑色的舊轎車駛過夜晚的隅田川。遠田遵從元木愈來愈詳細的指示，在住宅區錯綜複雜的道路上一再左右轉彎，最後停在五層樓的樓房前面。

「你在這裡等一下，我馬上回來。」

元木說完，拿起先前發抖時仍一直放在膝上的手提包下車。當晚的情景歷歷在目，因此當我專注地聽遠田說話時，腦中浮現「原來黑道真的都會拿手提包」這種無關緊要的感想。當時的遠田總算開始意識到：自己也許會被捲入很大的麻煩。

遠田焦慮地在駕駛座等候元木。不到十分鐘，就聽見幾聲「砰！砰！」的刺耳爆破聲，他咒罵一聲：「王八蛋！」雖然很想當成是行駛在大馬路上的汽車引擎逆火的聲音，不過應該不是吧。遠田迅速放下手煞車，看到元木從樓房匆匆跑出來，坐進副駕駛座。他把手提包緊緊抱在胸前。不管怎樣，遠田先發動了汽車，同時開口問：

「雖然覺得不太可能，不過你該不會是把人幹掉了吧？」

「嗯，幹掉了。」

「別開玩笑！」

遠田握緊右拳，搥了一下方向盤。「幹掉誰？」

元木報出的是和他所屬幫派敵對幫派的中級幹部的名字。

「少開玩笑！」遠田再次咆哮：「為什麼要把我捲入你們幫派的糾紛？接下來請你自己想辦法，不管要去哪裡都請自便吧。」

這時車子剛好開到大馬路上，遠田便把車子停在路肩，想要從駕駛座下車，但元木從手提包拿出手槍，指著遠田。

「我要去自首，你給我開到向島分局。」

元木對遠田說話時，目光相當凶狠，明顯處於亢奮狀態。到了這個地步，遠田別無他法，他把車子開到向島分局，和元木一起被逮捕。

「結果我因為協助殺人的罪名，被判刑四年。不過我在獄中表現良好，所以三年就出來了。」

「太長了吧？更重要的是，為什麼你要被抓？」我忍不住喊：「你只是被那個叫元木的騙了，在不知情的狀況下幫他開車吧？」

「是啊。不只是中村先生和末山組的人，就連元木他們幫派的人都如此主張。不過這些終歸是黑道的供詞，而且事件本身的情況也不明朗。元木一開始供稱：『因為跟對方搶女人，才會殺死敵對幫派的組員。這是個人恩怨。』元木所屬的幫派也說：『這是元木的個人行為，跟我們無關。』不過沒人知道這樣的說法有多少真實性。這年頭即使是下層組員做的事，也會追究高層的管理責任。」

「也就是說，元木有可能其實是遵從上面的命令去當子彈，為了避免拖累所屬的幫派，才堅稱『這是個人恩怨』嗎？」

「嗯。」

「既然他說是和女人有關，難道沒有去問那個女人嗎？」

「那個女人和遭到襲擊的男人一起被元木射殺了。元木好像的確認識那個女人，不過是不是真的要好到發生感情糾紛，就很難說了。」

怎麼會這樣……元木竟然殺死了包含女人在內的兩個人。我再度感到震驚。

遠田說：「當我聽到連女人都被殺了，就覺得只能乖乖接受審判了，於是擔下一切後果。要不是因為我蠢到幫他開車，那個黑道和女人也許都不會被殺。我當時覺得事已至此，沒有挽救的可能了。」

「怎麼會……我還是不認為這是你的錯。」

「不管元木是去當子彈，還是自己想不開犯的案，黑道要襲擊黑道，竟然找了完全無關的其他幫派成員當駕駛，這可是前所未聞的事。元木似乎無論如何都想找我陪死，也就是說，他相當恨我。我連這一點都沒察覺，呆呆地答應幫他開車，結果害得兩個人送命，末山組和元木的幫派顏面盡失。元木似乎被判死刑定讞，不過就算他沒被判死刑，出來之後大概也很難平安無事吧。」

「末山組呢？中村先生應該原諒你了吧？」

「老爹和大哥們來看我的時候，說：『都是因為我們太窮，沒錢請好律師，所以才沒辦法幫你爭取緩刑，真抱歉。』他們未免人太好了吧？」

遠田像是發癢般地笑了。這時我忽然想到：

「遠田，我認為元木應該不是恨你，而是嫉妒你吧。他很羨慕你，所以才會找你幫他開車，把你捲進事件裡。」

「羨慕我？」

遠田眨了眨眼睛。他的表情顯得天真無邪，就好像第一次看到飛機雲劃破藍天的小孩子般。「噢，我倒是沒想過這種可能。」

「你和末山組的夥伴們過著快樂的日子，並不是你的過失，所以你確實沒有任何錯。」

「我不需要心理諮商。」遠田露出嫌惡的表情。「碰到你的時候，我好像就會不小心說太多話。」

我察覺到遠田似乎打算結束話題，連忙追問：「不過有一件事我不明白。你為什麼會成為遠田康春老師的養子？康春老師知道你要替黑道的引退儀式寫字，會有什麼想法？」

「死掉的人不會有任何想法。」遠田抓了抓頭。「不過要是老頭子還活著，應該會說：『此時不寫更待何時。』畢竟那老頭明知我是黑道，還是收留我當養子。」

遠田是在監獄裡遇到康春老師的。

「監獄裡也有社團活動。」遠田說：「像是書法、繪畫、短歌、俳句之類的，會有專人當志工來指導。老頭子當時身體還很硬朗，所以大老遠搭電車到我待的監獄來教書法。我一開始完全提不起勁，是同房的傢伙邀我，我才去參加，沒想到竟然很適合。」

遠田過去連學校的書法課都沒有上過，卻轉眼間就被書法的魅力吸引，在監獄中不論是在勞動還是運動時，腦中都會浮現運筆的順序。睡前的短暫自由時間，他會在多人房裡默默用沾水毛筆在半紙上寫字——墨水和半紙都很珍貴，所以不得不採取這種刻苦的方式。監獄裡的夥伴嘲笑他：「你怎麼還在寫！」有時甚至惡作劇地把他的毛筆藏起來，不過他絲毫不以為意，繼續練習。

康春老師每個月會來監獄一次上社團活動。當他看到遠田迅速進步的毛筆字，就對遠田說：

「你很有天分嘛！如果你打算認真學，從這裡出來之後就到我家吧。」

「說得好聽！反正你一定對每個人都這麼說吧？」

遠田不習慣受到稱讚，因此無法老實接受，害怕期待之後遭到拒絕。然而康春老師卻逼問他：

「你怎麼肚量這麼小？你到底要不要認真學？趕快決定吧！」

「如果可以的話，我當然想認真學。不過那是不可能的。我既是黑道，又有前科，而且也沒學問。」

「就算是邊緣人或犯了罪，也沒規定不可以學習書法。書法會反映寫者的內心。為了面對自己，你這樣的人應該很適合才對。」

康春老師每次都非常認真指導，遠田也不辜負他的用心，持續進步。到了遠田出獄的那一天，康春老師和太太特地來接他。

「老頭子已經和末山組談過了。我一出獄，就和他們夫妻一起到事務所打招呼，老爹和我斷絕關係，並對老頭子跟阿婆深深鞠躬。走出事務所的時候，有人拍了拍我的肩膀，我流淚不止，跟著老頭子和阿婆走，然後就來到這個家了。」

遠田在離開黑道後，總算不用擔心租不到房子。

遠田正式成為康春老師夫妻的養子，以「遠田薰」的身分開始生活。他向康春老師學習書法，自己也拚命查辭典、瀏覽過去名家的字帖、背誦漢詩等，不斷鑽研。他在幫忙康春老師的同時，也學習到如何和書法教室的小孩子相處。雖然這一切都是全新的經驗，常常讓他感到困惑，不過他還是努力要成為普通而良善的人。

「老頭子是個怪人，所以姑且不論，倒是阿婆真的很厲害。」遠田說：「遇到不知道哪裡來的黑道，不管是誰都會敬而遠之吧？可是阿婆只要聽我稍微講起這種話就會勃然大怒，對我說：『你是我們好不容易得到的孩子，怎麼可以說出這麼窩囊的話！』看到我在洗衣服，她會很高興地說：『真是幫了我好大的忙。』我跟她一起在廚房做菜，她就會抱怨說：『真希望我那個沒用的老伴也能學學你。』她會在早上闖入我房間，握著長尺拍打棉被說：『你要睡到什麼時候！』我比待在末山組的時候更加覺得，家人或許就是像這樣吧。」

我忽然想到遠田說他喜歡的那首漢詩中的一句：「商女不知亡國恨」。遠田在度過缺乏一切的童年，又持續失去各種東西之後，總算得到了珍惜的對象及接納自己的地方。

那張書法作品中，寒冷到冰凍般的美麗音色，或許是獻給直到最後都與溫暖無緣、也無法提供給兒子就過世的母親吧。

「是中村老爹，還有老頭子和阿婆救了我。」遠田平靜地說：「對我來說，他們就像神明一樣。話說回來，我只是從一個神明轉到另一個神明，所以我的書法才會不夠穩重，就像老頭子說的『依樣畫葫蘆』吧。」

「沒這回事。」

我心中充滿種種情感，打從心底否定他的說法。我知道此刻無論如何都無法阻止遠田。遠田打算發揮他從曾經追隨的神明那裡得到的所有力量，為昔日的神明寫字。

遠田把金子從膝上挪開，站起來打開與臥室之間的襖門。

「阿力，你看。」

臥室排列著八張寫了人名的大幅縱長畫仙紙，完全遮蓋住被褥。每一張都是縱長一百三十五公分、橫長三十五公分，大概就是以前聽過的「半切」尺寸，這些應該就是名條了。每一個名字都以端正的文字書寫，看起來威武而不失品格。

「最後只剩下中村先生的名條了。」

遠田說完，在工作室展開原本折起的絨布。我挪開托盤，退到房間角落，消極地協助遠田工作。金子似乎也察覺到了，在我旁邊注視著遠田將新的畫仙紙放在絨布上。這張畫仙紙是全紙尺寸，縱長一百三十五公分，橫長則有七十公分。

遠田最後從矮書桌拿了裝有墨汁的鋁製菸灰缸和粗毛筆。明明是在寫很重要的字，他為什麼沒有用硯台磨墨呢？這時我想到他在替遙人寫絕交書的時候，也是用菸灰缸裝墨汁。這麼說來，或許是要反映黑道的合理精神吧？當我思索著這種問題時，遠田已經把菸灰缸和毛筆放在絨布的旁邊。他面對畫仙紙正坐，深深吐出一口氣。

「那我要開始寫了。」

遠田拿起毛筆，宛若獵人即將扣下扳機時存在著預先決定的瞬間般，以自然而柔軟的動作讓筆尖接觸紙張。

在那之後時間好像轉眼就過去了，又好像突然流動得很緩慢。遠田蜿蜒流暢的運筆創造出的漆黑線條，彷彿完全吸收了房間裡的聲音和氧氣，我只能一動也不動地注視。

末山組解散儀式

引退

第三代末山組　中村二郎

這些字充滿靜謐的氣氛，無比美麗；又像鮮豔的火焰、或是深不見底夜晚的湖面，漆黑而激烈地閃動著。

我心想，這就是從遠田的心靈與肉體迸發的字。將遠田心中的火焰、悲傷與喜悅，對至今遇到的所有人的情感全部反映出來，就是這樣的字。我感覺到這是我第一次看到遠田書法的本來面貌，見證他書寫的凌厲氣勢。我無法按捺興奮的心情，開始顫抖。

遠田把毛筆擱在菸灰缸上，一會兒站起來一會兒又坐下，從各種角度檢視自己寫的字。當他聽到遠方隱約傳來的「嗶嗶」聲，才回到現實。

「啊，應該已經烘完了。」

他喃喃地說，似乎不帶特別的情感。我凝神注視著他的書法，一時無法理解這句話的意思，抬起頭問：

「什麼？」

「你的衣服。既然烘乾了，你就快點回去吧。」

我本來想繼續看他寫名條，卻被他催促下樓梯到一樓。遠田從洗衣機裡拿出整套衣服交給我，然後把我推入靠近玄關的六個榻榻米房間。

我總覺得如果此時乖乖換上衣服，就真的再也見不到遠田了。聽了遠田的話，看到他替中村先生寫的字，我心想即使他解除了三日月飯店的繕寫師登錄，還是可以繼續跟他私下往來才對。不，我想要繼續跟他往來。我想要更深入認識遠田，繼續看他寫出的字。

比方說，假如我穿著運動服回家，是不是就可以用歸還做為藉口，再到這裡來呢？

「那個……衣服好像還有點濕。」

每件衣服都烘得暖暖的，已經完全乾燥，可是我卻隔著襖門，對應該站在走廊上的遠田這麼說。

「你穿著就會慢慢乾了。」

「可是牛仔褲縮水了，穿不進去。」

「別囉唆，快換衣服！」

不愧是前黑道，口氣很兇。我不情願地換上衣服，把借來的運動服折好放在榻榻米上。

抱著金子的遠田看到我走出房間，便穿著健康拖鞋到玄關替我打開拉門。

「再見。」

「那個，遠田……」

「太好了，雨好像停了。」

遠田把濕報紙從我的運動鞋中抽出來，又把靠在一旁的透明傘塞到我手中。

「遠田，請聽我說，我還是不認為你的書法是依樣畫葫蘆。如果說你因為寫那些字被當成黑道的密切往來者，那麼五年之後我希望你可以再來擔任繕寫師。我不知道有沒有密切往來者的密切往來者這樣的概念，不過我還是……」

「你不會了解。」遠田打斷我的話。

「我的確對書法外行……」

「我不是指這個。像你這種不缺任何東西、過著悠閒正當生活的傢伙，不論如何密切往來，都不會了解我的情況。」

「這……」

我也知道，不論是家庭或職場，我應該都算幸運的。同事的性情都很好，我也認為替顧客盡心盡力工作是我的天職。雙親雖然會因為一時興起，就替兩個兒子取「努力」這種超級隨便的名字，我卻從來沒有懷疑過他們的愛。也就是說，我沒有感受過貧困，也沒有經歷過畏懼各種暴力與屈辱而顫抖的日子，一直過著幸福、無憂無慮（或者應該說是天真無知）的生活。但這樣是壞事嗎？難道就因為這種理由，使我永遠無法和遠田相互溝通、彼此理解，必須分開嗎？要是我變得不幸，就可以繼續像以前那樣來到這個家嗎？那太奇怪了，不論對遠田或對我來說，都是很詭異的說法。我和遠田要不要繼續來往，應該和彼此的幸或不幸，或過去的人生都無關才對。

我想這麼說，卻無法順利整理出要說的話。我感覺遠田好像在我眼前拉下鐵捲門，因為深受打擊而導致大腦運轉速度大幅減慢。我勉強問他：

「那你為什麼要找我過來，還讓我幫忙代筆的工作？如果我是那種完全不了解你，也不試圖去了解你的傢伙，你根本不用接近我，只要維持工作上的關係就行了。」

「沒什麼理由。」

抱著金子的遠田露出微笑，然後用一隻手把我推到門外。「你看起來人很好，我覺得可以利用你來代筆。」

遠田對我說：「不要再來了。」然後迅速拉上拉門。金子難得發出「喵～喵～」的正常貓叫聲。遠田似乎匆匆回到屋內，因此很快地連金子的叫聲都聽不到了。

我在雨停之後的天空下，拖著壞掉的透明傘走上夜路。先前化為濁流的暗溝小徑的水已經退了，濕濕的地面變成黑色，上面遍布著像星星般的白色櫻花花瓣。

五

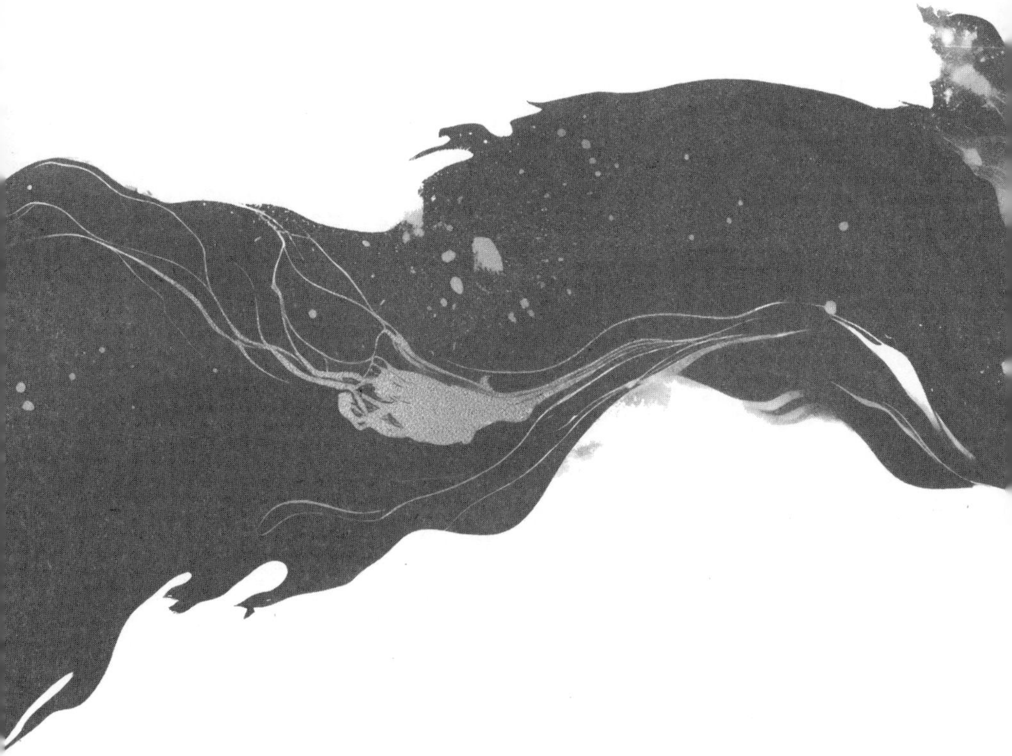

設法撐過春季暴風雨的櫻花，到了晴朗的週末就開始盛大地飄落花瓣，讓賞花遊客大飽眼福。

我依舊忙碌地工作。當 Crescent 坐滿賞花歸來的客人，我就會被臨時找去幫忙；在引導客人到客房的途中，會從窗戶眺望染成粉紅色的新宿中央公園，與客人聊著：「太壯觀了，真是太美了。」「是的，的確很美。」

我雖忙於工作，但自從離開遠田家，心中一直燃燒著怒火。當然經過一段時間之後，我的腦袋恢復正常的運轉速度，猜得出遠田是為了我好才叫我「不要再來了」；但他明明之前不顧我的困擾、主動找我過去，現在竟然說出「不要再來了」這種話？還說找我代筆「沒什麼理由」，只是覺得我「可以利用」？我知道了他的過去，他就突然變得膽小，我不想再理這種人了。

更何況是他自己滔滔不絕地談起過去的事。雖然說，這一點有可能是我的體質（或者應該說是特技）造成的影響，但是他自己要說，說完卻叫我「不要再來了」，實在是自我中心到無禮的地步，我才想拒絕和他往來！反正跟前黑道扯上關係也沒什麼好事，就讓遠田自己一個人在那棟屋子裡寂寞地寫毛筆字吧！

簡單地說，我是因為被他說「你這種傢伙才不會了解我」，並且被輕易地拉下鐵捲門，而感到不甘心。我覺得過去在一起的時間彷彿都被否定了，有些悲傷。此外，我心中也產生缺乏自信及明哲保身的想法，像是「一直過得無憂無慮的我，的確不可能了解遠田」，或是「可以斷絕和前黑道的交往關係，應該算是好事吧」。最後我決定：「唉，不管他了，不要再去想這件事了！」硬是把遠田的存在驅逐到腦中的偏僻角落。

順帶一提，我沒有告訴任何同事原因，就把遠田的名字從繕寫師名冊移除，並且從檔案夾抽出樣本銷毀。雖然很卑鄙，不過要是被發現三日月飯店與黑道密切往來者有合作，會造成很大的麻煩，何況我也不想丟掉工作。為了以防萬一，我刻意這樣做，要是被質疑，我就說：「我什麼都不知道，是遠田先生寄電子郵件來要求撤銷登錄，所以我照做的。」

這麼一來，我和遠田就沒有任何關連了。我望著檔案夾裡變空的口袋，嘆了一口氣，接著把檔案夾放回架上，彷彿什麼事都沒發生過般專心工作。

我以笑臉服務客人，對於比同事更常遇到的閒聊也洗耳恭聽。我的日常和以前沒有兩樣，平穩而沒有任何陰影。三日月飯店的地板刷得很亮，館內洋溢著穩重而溫暖的氣氛，今天照例迎接著客人。

五月的連假結束，櫻花已經完全被樹葉覆蓋。在這個季節裡，公園裡的樹木格外亮麗。三日月飯店也在綠葉襯托之下，顯得格外閃耀。

然而我的心情還是很沉悶。就連等不及月底的日本德比賽來臨、提前打電話想跟我討論碰面時間的原岡，也擔心地問我：

「怎麼了？阿續，你在擔心什麼事嗎？」

「沒什麼。那麼我們就跟上次一樣，在伏特加像[25]的尾巴那裡會合吧。真期待。」我這樣回答。

不過，與此同時，被我驅逐到大腦角落的思念仍擴散開來。

遠田此刻在做什麼？就連像我這樣稍微認識的人他都要疏遠了，為了避免密切往來者像老鼠一樣大量增殖，演變成密切往來者的密切往來者的密切往來者，他一定關閉了書法教室，在失去學生嬉鬧聲的那棟屋子裡默默面對畫仙紙，不知何時才能拿去展覽或販賣，唯一的朋友只有金子。

我想像遠田獨自一人坐在排列長桌的一樓房間窗邊，把金子抱在膝上，似乎在眺望院中的櫻花飄落。那是非常寂寞的景象，雖然純粹只是我腦中的想像，但我卻為此心神不寧，甚至很想去看看他的情況。

不過我並沒有付諸實行。遠田平常總是對我說「下次再來吧」，只有在我第一次看到他使用自己的字跡、寫出宛若燃燒著漆黑火焰的字那天晚上，他才對我說「不要再來了」。我心想，那一定是遠田此刻真心的願望。

星期一早上十點多，我再度結束週末的夜班，正要回家，三日月飯店辦公室的電話響了，接起電話的同事叫住我：

「續先生，有一位三木先生打電話給你。」

不論是宴會廳的預約賓客還是生意往來對象，我都想不起有姓三木的

25 伏特加是贏得多項G1獎項的日本純種賽馬（二〇〇四～二〇一九），也是史上第三匹贏得日本德比（東京優駿）的牝馬。伏特加像位於東京競馬場正門附近的玫瑰花園。

人，因此詫異地問：「是誰？」並接過聽筒。同事也以狐疑的表情補充：

「好像是小孩子的聲音。」

我急忙按下解除保留的按鈕，朝著聽筒喊：

「遙人？」

「啊，太好了。請問是續先生嗎？」

話筒裡傳來好像鬆了一口氣的聲音。

「遙人，你怎麼會知道我在哪裡工作？是遠田老師告訴你的嗎？」

「不是。你之前不是給過我名片嗎？我打到上面印的代表號，聽到對方跟我說：『請稍等，我為您轉接。』害我好緊張。」

「這樣啊。這麼說，我好像的確給過你名片。不過你怎麼會突然聯絡我？」

這時我也緊張起來，擔心是不是遠田發生什麼事了。具體來說，譬如引退儀式的事被發現而遭逮捕，或是他被元木的幫派仇視而被襲擊之類的。不過遙人卻說：

「續先生，我才想問你怎麼了。」他的口氣顯得不滿。「你最近都沒有來看我們上課，是不是跟少主吵架了？」

「我們沒有吵架……咦，遠田書法教室還在上課嗎？」

「我昨天去上課，明天也要去上課。你為什麼會以為沒有在上課？」

「這個……」

是怎麼回事？難道遠田沒有採取對策，預防密切往來者像老鼠繁殖一樣增加嗎？

「續先生如果不來會很麻煩。」遙人不理會我內心的困惑與錯愕，繼續說：「我的朋友佐佐木要幫忙的家事又增加了，可是到了六年級，零用錢還是只有四百圓。我自從上次拜託之後，又對少主說了好幾次還是希望他能代筆，可是他完全不聽，然後續先生又不來了……」

「對不起，這件事我也有些掛念……」

當我在神保町問起時，遠田說：「沒什麼。」一副沒有特別進展的口吻，果然是在裝傻。

「他在幫哪些家事？」

「他跟以前一樣要打掃大門口和浴室，另外還要摺洗好的衣服。」

「真是辛苦。」

我認為家事裡面最麻煩的，就是曬衣服和摺衣服，因此相當同情佐佐木同學。雖然說是為了可愛的妹妹，不過想去玩的時候還得先摺完襪子之類的衣物，對小學生來說一定很煩、很痛苦吧。

「佐佐木說，這次一定要拜託代筆寫信，要求增加零用錢，可是少主卻說：『沒有阿力在，不可能寫得出來。』明天我打算再去拜託他，在那之前請你想辦法讓少主提起幹勁吧！」

「那才真的是不可能。」

「為什麼？」

遠田書法教室仍正常營業，他只對我拉下鐵捲門。我果然太深入遠田的私人領域了嗎？我原本想要阻止遠田和黑道引退儀式扯上關係，卻迫使他說出自己的過去與傷口。我無法否認「希望阻止遠田」的理由不只是替他擔心，很大一部分也是為了保護我自己。遠田當然看穿了我那樣的心情。

此時此刻，我才為自己的窩囊感到羞愧，再度結結巴巴地說：「那個……」然而遙人卻說：

「啊！二十分鐘的休息時間要結束了。」他很乾脆地準備結束通話：「佐佐木說，如果他的零用錢增加了，就會替少主和續先生各買兩根美味棒。為了避免被老師發現，這通電話是我向佐佐木借手機，從校舍後方偷偷打的。這樣看的話，他領的零用錢應該夠多了。」

委託人佐佐木同學似乎就在旁邊，或許是擔心會影響加薪的交涉，連忙對他說：「三木，噓！手機的事不可以說！」「什麼？這是祕密嗎？」我聽到兩人的笑聲。

「那麼續先生，這件事就拜託你了。」

遙人恢復冷靜的態度對我這麼說，然後掛斷電話。

對不起，遙人，這件事對我來說壓力太大了。我無言地放下聽筒，感覺到同事從背後盯著我的視線。跟小孩講電話時，一會兒結結巴巴、一會兒臉紅或沮喪，當然會看起來很可疑吧。我像逃難的武士般，背上插著視線的箭，說聲「辛苦了」便走出辦公室。

我回到曙橋的公寓，首先看到的是掛在牆壁上的〈送王永〉。這幅字已經完全融入房間的景象，因此我平常不太會注意，不過今天接到了遙人的電話。我沒有脫鞋子，佇立在玄關，重新注視遠田寫的字。

他日相思來水頭

當我想念你時，只能再回到溪畔寄託思念。

我忽然想到那天晚上化為小小濁流的暗溝小徑。我轉身衝出狹小的玄關，匆匆鎖上門，跑向車站。

沒錯，我不打算再想東想西了。如果在意，就去見他吧！被他擅自拉下的鐵捲門，我應該直接砸爛才對。

我在電車內不斷跺著腳，在京王線的下高井戶站下車後，立刻開始衝刺。

玩具車般的玉電發出悠閒的「哐噹、哐噹」聲追過我。

我來到五岔路，從暗溝小徑吹來五月清爽的風，聞到芳香的綠葉氣息，以及帶點灰塵味的陽光氣味。我深呼吸後，一口氣跑過圍牆之間的狹窄道路。

在道路盡頭前方，遠田書法教室依舊以原本的姿態矗立在那裡。三角形的尖屋頂和格子窗的凸窗、拉門與木板牆壁，採用和洋折衷的風格卻顯得和諧均衡，能夠感受到生活的氣息。門柱上依舊掛著用魚板木頭製作的名牌。這是從康春老師繼承而來的教室，意義非凡，幸好遠田沒有結束它。只有在這個瞬間，我忘掉被當面拉下鐵捲門的怨恨，打從心底鬆了一口氣。

話說回來，我是憑著一時的氣勢來到這裡的，卻不知道要對遠田說什麼。我的想法還沒有化成具體的語言，仍以模糊不明的狀態飄盪在心中。不過我想，反正見到面至少要先打招呼，於是完全沒有沙盤推演就按下門鈴。

等了好久都沒有人回應，這時我才想到今天是星期一，書法教室休息，遠田或許是去買書法用品了。我過去從來沒有遇到他不在家，今天我打定主意前來，卻遇到這種情況，運氣實在是太差了。

我像打了敗仗一樣，垂頭喪氣地走出庭院的門。當我認命地轉身準備回去時，忽然感覺有其他人在，於是環顧四周。

在相當於遠田家外圍角落的十字路口，有一隻黑白花紋貓，牠豐滿的輪廓很眼熟。

「金子？」

我驚訝地呼喚牠，那隻疑似金子的貓冷冷地轉頭，消失在相當於屋子側面的路上。我沒有看過金子走在外面，該不會是從打開的窗戶跑出來的？我連忙追上去，繞過十字路口。

疑似金子的貓在種植茶梅樹籬的路上停下來，轉頭看我。不對，確定是金子，牠的鼻子下方有一條橫線的黑色花紋。金子似乎是在等我追上來，再度笨重而緩慢地往前走。

「等等，金子，你得回家才行。」

我蹲下來想要抱起牠，牠卻鑽出我的手臂，用小跑步的速度迅速進入院子邊緣的停車場。我連忙追上去時，剛好看到金子粗粗的尾巴鑽入停車場後方的樹籬缺口。

該怎麼辦？牠既然進入院子裡，我寧願相信牠會直接回家，不過對方畢竟是金子，牠也許會說：「本貓的天性就是愛好自由。」因而過家門不入，闖進鄰居的家裡。看樣子我還是應該抓住牠，等遠田回來吧？

我嘀咕了一聲：「打擾了。」一邊祈禱著不要被鄰居看到、以為是闖空門的，一邊撥開樹籬的缺口。遠田似乎有一陣子沒有使用這條通道，變長的樹枝擦過我的臉頰和手掌，很痛。我折斷了不少細小的樹枝，總算進入庭院。

我環顧四周尋找金子，發現牠坐在櫻花樹的樹根附近。太好了，總算可以避免牠闖入別人院子裡。我正要走向金子，卻突然嚇得停下腳步。金子旁邊的櫻花樹下有一團黑黑的巨大物體……有人倒在那裡嗎？

「遠田！」

我像是被彈出去般，立即衝向櫻花樹。果然是遠田。他穿著深藍色的作務衣，面朝上躺在樹蔭中。穿著長袖T恤的手臂無力地癱在地上。他該不會是從樹籬外被人狙擊吧？我驚恐地滑向遠田身旁，雙膝跪在地上，以覆蓋在他身上的姿態抓著他的雙肩猛搖。

「遠田，你怎麼了？振作點！」

我搖了之後才想到，如果是中風之類的情況，應該要避免移動他的身體，於是鬆開雙手，結果害得遠田的後腦杓撞上地面。

「嗯啊？」他張開眼睛。「原來是阿力呀。我不是叫你不要來嗎？」

遠田只用腹肌的力量輕易地起身，伸了一個懶腰。

「你為什麼睡在這種地方？害我白白嚇一跳。」

我失去力量，雙手撐在庭院的草地上，手中感受到泥土溫暖的濕氣。

「因為很舒服呀，這個季節我常在這裡睡午覺。」

「會有毛毛蟲掉下來。」

「阿力，我才想問你，怎麼跑到我家院子來了？」

我本來想說「都是因為金子」，但是牠已經從面向庭院的落地窗跑回六張榻榻米房間，在窗邊舔著前腳，似乎在說：「逃跑？你在說什麼？」

我把手從地面移開，放在膝上，端正姿勢。在庭院正坐，看起來就像準備切腹的武士，但現在顧不了那麼多了。

「你的名字已經從繕寫師名冊移除了。」

「噢。」

「不過我今後還是會來這裡。」

「為什麼？不要來了。」

「我才想問為什麼。聽說你還是繼續在教書法課吧？你難道不在乎學生們成為密切往來者的密切往來者嗎？」

「可是如果關掉教室，我就沒錢吃飯，也無法面對老頭子了。」遠田尷尬地搔搔臉頰。「反正學生要是真的被追究的話，只要說『不知道』就行了，所以不要緊。」

我不太能理解遠田的倫理與判斷基準，不過我還是說：

「那麼我也可以說『我不知道』就行了。」

「不行。你的話……」遠田似乎感到棘手。「你不是說過，飯店對遵守法規的要求很嚴格嗎？如果被發現，害你被三日月飯店炒魷魚怎麼辦？」

這時我確認了，遠田果然是因為擔心我，才刻意說出劃清界線的話，甚至說「不要再來了」並拉下鐵捲門（正確地說，應該是拉上拉門）。總之，膽小的不是遠田，是我。我明明隱約猜到遠田真正的用意，卻因為擔心繼續跟他來往會遇到麻煩，怯懦地想要明哲保身。另外我也怕遠田真心覺得我是個礙事而什麼都不懂的傢伙，即使再來見他也會被趕出去，因而綁手綁腳無法採取任何行動。像這樣的怠慢行為，對於飯店員工來說是絕對不應該的。

我正視遠田的臉。

「遠田，我們是朋友……」我熱切地說到一半，想了一下又不太有自信地接下去說：「……嗎？好像不是吧？」

遠田也點頭說：

「嗯，的確不是。」

「不過我的確會想到『你離開後，我能和誰同遊春山？』」

「真的嗎？阿力，原來你的朋友滿少的。」

遠田以憐憫的眼神看我，我回答：「別管我！」遠田應該也沒資格說我吧，真是沒禮貌。

「總之，這樣下去的話，我即使跟為數甚少的朋友一起去看德比賽馬，也沒辦法全心投入。所以我決定要跟以前一樣，興致來的時候就來這裡打擾。我想旁觀書法教室，看你寫書法的樣子，偶爾也想一起喝酒。」

我喜歡上了遠田的書法。不，應該說透過遠田的書法，我深深受到書法這種藝術吸引。這是在黑與白、直線與曲線之間展開的奇妙宇宙。哪一天即使人類滅亡了，當外星人挖掘出被沙子埋沒的紙張或石碑碎片，應該還是可以感受到那上面封印了各式各樣動植物、曾經存在的風景，以及人們的心情。即使無法解讀上面的文字，只能當成普通的花紋，感染力也絲毫不減。不論經過多麼長久的時間，淌流的墨液依然鮮明黝黑，靈動搖曳，自由奔放，在外星人面前再度開始歌詠萬物。

「不過啊……」

遠田仍在碎碎唸，因此我笑著說：

「如果我被三日月飯店炒魷魚，那我就正式轉行當代筆師。你應該也需要代筆的搭檔吧？這樣的工作對金子來說，還是太困難了一點。」

「真的假的？美味棒的確很好吃，可是應該沒辦法當主食。」

「偶爾也會獲贈牛肉，所以沒關係。」我站起來，拍掉牛仔褲膝蓋上沾到的泥土。「對了，遠田，聽說你拒絕了好幾次佐佐木的委託。」

「米奇那小鬼是怎麼跟你告狀的？」

遠田也站起來，尷尬地甩了甩作務衣的衣襬，撣落背上沾到的草。「你也知道，我不太了解親子關係的事，所以還是由你來想內容比較好吧。」

「就交給我吧。」

我有一瞬間說不出話來，因為一股情緒湧上胸口，讓我的聲音快要顫抖。我想對他說，哪天我們一起去動物園吧，我們可以邀金子、遙人、以及教室的其他學生，一起在晴朗的日子去動物園看貓熊。

然而實際上，我並沒有說出口。

「遇到不懂或做不到的事，身為搭檔就要互相支援。」我故意說出冠冕堂皇的話，勉強當作是在開玩笑。「我有加入三日月飯店的工會，一定能想出明確要求加薪的內容。」

「真可靠！」遠田總算露出笑容。「算了，吃完午餐之後，就開始慢慢著手吧。」

「好的。」

我跟在遠田後方，從落地窗進入六張榻榻米的房間。我背後傳來庭院中櫻花樹葉搖晃的聲音，等得不耐煩的金子發出「噗喵～噗喵～」的叫聲索取點心。瀰漫在房間裡、介於礦物與植物之間的墨的香氣，伴隨著甜美而懷念的濕氣掠過我的鼻頭。

謝辭

本書執筆期間，承蒙眾多人士協助，包括沒有在這裡列出名字的人。
在此要對予以協助的所有人，致上由衷的謝意。
作品中如果出現不符事實的部分，不論是否刻意，都屬於作者的責任。

書法審定　御國燦さん
鐵路審定　えなりさんご夫妻
小學生用語審定　清原自恵さん
貓的生態審定　石原久実子さん
貓的足跡協助　モチさん、ソラさん

（註：致謝內容指日文版，故保留日文姓名及稱呼）

主要參考書目

《玉電が走った街　今昔　世田谷の路面電車と街並み変遷一世紀》（林順信編著，ＪＴＢパブリッシング）
《角川書道字典》（伏見冲敬編，角川書店）
《書道辞典》（飯島春敬編，東京堂出版）
《わたしの唐詩選》（中野孝次，文春文庫）
《中国名詩鑑賞辞典》（山田勝美，角川ソフィア文庫）
《杜牧詩選》（松浦友久・植木久行編譯，岩波文庫）
《義理回状とヤクザの世界》（洋泉社ＭＯＯＫ）
《アウトロー論集・補巻　義理回状の研究》（猪野健治，現代書館）
《潜入ルポ　ヤクザの修羅場》（鈴木智彦，文春新書）

文學森林LF0190

當墨光閃耀

墨のゆらめき

作者

三浦紫苑

一九七六年出生於東京。

二〇〇〇年以《女大生求職奮鬥記》一書出道。

二〇〇六年以《真幌站前多田便利屋》獲直木獎。

二〇一二年以《編舟記》獲本屋大賞。

二〇一五年以《住那個家的四個女人》獲織田作之助獎。

二〇一八年以《ののはな通信》（暫譯：野花通信）獲島清戀愛文學獎。

二〇一九年獲河合隼雄物語獎。

二〇一九年以《沒有愛的世界》獲日本植物學會獎特別獎。

其他小說作品包括《強風吹拂》、《光》、《哪啊哪啊神去村》、《你是北極星》等，散文作品則有《乙女なげやり》（暫譯：自暴自棄的少女）、《のっけから失礼します》（暫譯：一開始就失禮了）、《好きになってしまいました》（暫譯：不小心愛上你）等，作品數量眾多。

譯者

黃涓芳

目前為自由譯者，曾翻譯多本英日文書籍，包含推理、奇幻、純文學等文類的小說，以及攝影、語言學相關書籍。

封面設計　謝佳穎

版面構成　楊玉瑩

版權負責　李家騏

行銷企劃　黃蕾玲、陳彥廷

副總編輯　梁心愉

初版一刷　二〇二四年八月五日

初版二刷　二〇二四年九月十一日

定價　三六〇元

ThinKingDom 新經典文化

發行人　葉美瑤

出版　新經典圖文傳播有限公司

地址　臺北市中正區重慶南路一段五七號十一樓之四

電話　02-2331-1830　傳真　02-2331-1831

讀者服務信箱　thinkingdomtw@gmail.com

FB粉絲專頁　https://www.facebook.com/thinkingdom/

總經銷　高寶書版集團

地址　臺北市內湖區洲子街八八號三樓

電話　02-2799-2788　傳真　02-2799-0909

海外總經銷　時報文化出版企業股份有限公司

地址　桃園市龜山區萬壽路二段三五一號

電話　02-2306-6842　傳真　02-2304-9301

國家圖書館出版品預行編目(CIP)資料

當墨光閃耀/三浦紫苑著；黃涓芳譯. -- 初版. -- 臺北市：新經典圖文傳播有限公司, 2024.08
292面；14.8 × 21公分. -- (文學森林；LF0190)
譯自：墨のゆらめき

ISBN 978-626-7421-37-6 (平裝)
EISBN 9086267421369

861.57　113009437

日版原書為新潮社與Amazon Audible有聲書平台共同企劃的三浦紫苑全新創作。